少女成長中 ｜

花園
code name

草原
code name

スパイ教室08

《草原》のサラ

竹町

ファンタジア文庫

3220

口絵・本文イラスト　トマリ
銃器設定協力　アサウラ

SPY ROOM
the room is a specialized institution of mission impossible
code name sougen

CONTENTS

CHARACTER PROFILE

愛娘
Grete

ある大物政治家の娘。
静淑な少女。

花園
Lily

僻地出身の
世間知らずの少女。

燎火
Klaus

『灯』の創設者であり、
「世界最強」のスパイ。

夢語
Thea

大手新聞社の
社長の一人娘。
優艶な少女。

氷刃
Monika

芸術家の娘。
不遜な少女。

百鬼
Sibylla

ギャングの家に
生まれた長女。
凛然とした少女。

愚人

Erna

元貴族。事故に頻繁に
遭遇する不幸な少女。

忘我

Annett

出自不明。記憶損失。
純真な少女。

草原

Sara

街のレストランの娘。
気弱な少女。

Team Otori

凱風

Queneau

鼓翼

Culu

飛禽

Vindo

羽琴

Pharma

翔破

Vics

浮雲

Lan

Team Homura

紅炉
Veronika

炮烙
Gerute

煤煙
Lucas

灼骨
Wille

煽惑
Heidi

炬光
Ghid

Team Hebi from ガルガド帝国

翠蝶

白蜘蛛

蒼蠅

銀蟬

紫蟻

藍蝗

黒蟷螂

『CIM』 from フェンド連邦

『Hide』－CIM最高機関－

呪師 **Nathan**　魔術師 **Mirena**

他三名

『Berias』－最高機関直属特務防諜部隊－

操り師
Amelie

他、蓮華人形、自壊人形など

『Vanajin』－CIM最大の防諜部隊－

甲冑師 **Meredith**　刀鍛冶 **Mine**

Other

影法師 **Luke**　索敵師 **Sylvette**　道化師 **Heine**　旋律師 **Khaki**

プロローグ　詭計《きけい》

モニカは、サラにとって第二の師匠だった。

『さっ、サラ。もう一回やるよ』

『はい。よろしくお願いします』

第一の師匠であるクラウスは具体的な指導が苦手だ。言語能力が高くなく、アドバイスは抽象的なレベルに留まってしまう。

しかしモニカは異なる。

『判断が遅いっ！』

組み手をしている最中だろうと、細かく指示を飛ばしてくる。

『銃が使えない距離に近づかれたら、すぐ鷹《たか》に指示！　キミ一人じゃ、どう足掻《あが》いてもボクには勝てないんだから！』

訓練用のナイフを振るい、サラを上回る速度で攻め立ててくる。

必死にナイフで受けても、じりじりと後退していく。

『かといって、そのワンパターンでどうすんの？　ネズミや鳩《はと》は虚を突けるように、帽子や服に仕込ませておきなよ。犬の嗅覚は、敵の嘘《うそ》を見破る力。容易には使うな』

モニカはナイフの攻撃をやめ、服を摑《つか》んでくる。

あっ、と反応する前に足を払われ、投げ飛ばされた。

無様に尻もちをつくサラを、モニカが厳しい表情で見下ろしている。

『まだ全然だ。自身の命くらい守れるようにならないと』

『は、はいっす………』

陽炎《かげろう》パレスの庭だった。

クラウスが任務に出かけている間は、モニカが丁寧に面倒を見てくれる。口は乱暴だが、アドバイスは的確だった。

かれこれ四か月以上、サラはモニカの訓練を受けている。

交渉や潜入など様々な講義があったが、一番多いのは身を守るための戦闘訓練だった。

終始モニカに圧倒され続ける羽目になる。一通り組み手を済ませると、しばらく起き上がれない程体力が尽きてしまう。

その日もまた、庭で大の字になっていた。もはや青空は見飽きた光景だ。

いつものことながら疲労は凄《すさ》まじいが、身体《からだ》には充実感があった。

『でも、少しずつ強くなっているっすよね……？』

呼吸を整えた後、口元を綻ばせてモニカの方を見る。

『筋力もついてきた気もするっす。これで、少しは自分も闘えるように――』

『やめなよ』

『へ？』

立った姿勢でモニカが冷たい瞳で見下ろしていた。

『龍沖《ロンチョン》でも言ったでしょ？　キミは闘うのが仕事じゃない。身を守る手段を教えているだけだよ。でしゃばらないで』

『えー……』

もはや清々《すがすが》しい程、厳しい言葉。

『キミが目指すべき到達点は、そこじゃない』

水筒を呷《あお》りながら、モニカがクールに伝えてくる。

ううう、と頭を抱えるしかなかった。正論だ。サラが努力したところで、ジビアやモニカのように格闘で敵を排除し、情報を奪うスパイにはなれない。不向きだ。

しかし納得しかねる気持ちもある。

『じゃあ、自分は何を目標にしたら……』

『それはキミが決めることだよ』

モニカが横たわるサラの隣に腰を下ろした。

『キミ自身が見つけるんだ。スパイとしての理想を、闘い方を、そして生き方を』

それは限りなく難易度が高い課題だった。

そもそもサラにはスパイに対する前向きな動機がない。両親が職を失い、食い扶持《ぶち》を求めてスパイ養成学校に流れついただけ。理想などあるはずもない。

答えに窮して黙り込んでいると、モニカの方から『大丈夫』と声が聞こえてきた。

『キミが答えを見つけるまで付き合ってあげるから』

視線を合わせることなく言ってくれた。頬が赤らんで見えるのは気のせいか。

モニカはダメな生徒を見放すことはなかった。

『灯《ともしび》』と『鳳《おおとり》』が密接な交流を交わしていた時期——いわゆる『鳳』蜜月期間も、サラにとっての師匠は変わらずモニカだった。

途中『鼓翼《こよく》』のキュールという『鳳』のメンバーが『ワタシにも教えさせてよ!』とやってきたが、モニカが『邪魔だ』と一蹴していた。キュールの指導は一回あっただけ。

モニカはサラの肩を叩《たた》き、立ち上がるよう促してくる。

その呆《あき》れているようで、でも優しさを覗《のぞ》かせている瞳が好きだった。

『じゃ、もう一回』

◇◇◇

——世界は痛みに満ちている。

同胞『鳳』の死亡理由解明のため、ディン共和国のスパイチーム『灯』はフェンド連邦に潜入。フェンド連邦の諜報《ちょうほう》機関ＣＩＭと対立し、黒幕が宿敵『蛇《へび》』だと突き止める。

『蛇』はフェンド連邦の王族、ダリン皇太子を暗殺し、その大罪をディン共和国のスパイに擦《なす》り付けようとしていたのだ。

また彼らはその事実を脅迫に用い、『灯』の一員、『氷刃《ひょうじん》』のモニカを寝返らせる。モニカを暗躍させることで、『灯』のボス——『燎火《かがりび》』のクラウスを消耗させる算段だった。

しかしモニカは『蛇』さえも裏切り、暗躍。

ダリン皇太子暗殺という大罪を自ら負うことで、混乱に終止符を打つ。

だが、代償は大きかった。モニカはＣＩＭのスパイたちと死闘を繰り広げ、やがて撤退。

その果てに『蛇』のスパイたちに襲撃される。『白蜘蛛《しろぐも》』と『黒蟷螂《くろかまきり》』に囲まれた。

最後モニカは無線機で『蛇』の情報を『灯』に託し――。

《――ボクは、キミのことが好きなんだ》

リリィに己の愛を告げ、そのまま消息を絶った。

◇◇◇

「――白蜘蛛は、自分が倒します……っ!!」


サラが涙を溜《た》めながら宣言する。

モニカとの連絡が取れなくなった三日後。

CIMの防諜《ぼうちょう》部隊『ベリアス』が『灯』のメンバーの元を訪れた。彼らは『灯』を監視下に置くため、クラウスとティアの監禁を通告した。

モニカの裏切りは『灯』に大打撃を与えていた。

彼女のボスとして不信感を持たれたクラウス、そして彼女を支援するため反政府組織『烽火連天《ほうかれんてん》』を結成したティアの身柄は拘束される。

グレーテは裏切ったモニカに人質として監禁されて極度に衰弱、アネットは直接襲撃を受けて肋骨《ろっこつ》が折れて重傷、エルナは窮地に立たされたモニカを救うためにＣＩＭの射撃を受けて負傷。以上三名は病院で療養中。

そしてモニカ自身は生死不明。

『灯』が機能停止状態とも言える状況下で、立ち上がったのはサラだった。

たった今監禁されていた部屋から、別の建物に移されていくクラウスへ言葉を放った。

白蜘蛛を倒す——それが現実性に乏しい発言とは理解していた。

『白蜘蛛』は、ガルガド帝国の謎多き諜報機関『蛇』のメンバーだ。フェンド連邦の王族を暗殺し、一国を混乱に陥《おとしい》れた男。それをサラが拘束しようなど馬鹿げている。

だがモニカの行方を知るのは、彼しかいない。

サラの宣言を、クラウスは笑わなかった。微かに目を細めた。

「——極上だ」

穏やかな口調だった。

「サラ、任せたよ。お前ならできる」

そのままクラウスは『ベリアス』に連行されていった。

人が消えていった部屋で、サラは大きく息をつく。大口を叩いてしまった興奮で胸が高鳴っている。もちろんその決意を引っ込める気など微塵《みじん》もないが。

自身の鼓動を感じ取っていると、左右から声がかけられた。

「なーに、一人でカッコつけているんだよ」

「まったく。この超頼れる先輩たちを忘れているんじゃないですか？」

二人の仲間が笑顔と共に、サラの両肩に腕を乗せてくる。

つい頬を緩めていた。

「ジビア先輩、リリィ先輩」

『百鬼《ひゃっき》』のジビア——凜々《りり》しい目元と引き締まった体躯《たいく》の白髪の少女。

『花園《はなぞの》』のリリィ——愛らしい童顔と豊満なバストが特徴の銀髪の少女。

サラは「もちろん忘れてないっすよ」と告げる。

事実だった。ただ、意気込みすぎていただけだ。

「一緒にやりましょう。先輩たちの力が必要っす」

左右同時に「おぅ」「はい」と力強い返事が届き、背中を叩かれる。

ジビアが照れくさそうに白い歯を見せた。

「つーか、なんか懐《なつ》かしいよな、この三人で組むの。『屍《しかばね》』任務以来だっけ？」

「あー、ありましたね。グレーテちゃんとメイドとして潜入しましたね」

「そうっすね。あの時は、自分たちが任務から外されたんすよね」

「まぁグレーテは実質、ボスから一番信頼されていたから、『屍』任務から外されたのは、あたしら三人な訳だけど」

「くっ。このリリィちゃんを外すなんて！　いまだ許していませんよぉ！」

「あはは、引きずっているっすね」

「今思えば妥当だけどな。特にモニカ、グレーテ、ティアには助けられてばっかだし」

「否定できませんね。ですが、だからこそ――」

「――今度は自分たちが助ける番っす」

そこまで言葉を掛け合った後、ジビアが拳を高々と天井に突き出した。

「行くぜえええええ、非選抜組！」

「やったりましょう！」「了解っす！」

スパイらしからぬ、賑《にぎ》やかな会話。

それは彼女たちの未熟を示すと同時に、いかなる苦境にも屈しない強さの証明だった。

◇◇◇

小説家ディエゴ＝クルーガーは、コカイン依存症だった。

かつては歴史小説を執筆していたが、ミステリー小説が流行すると、出版社の命令でジャンル変更を余儀なくされた。歴史小説こそ至高の文学と捉えていた彼にとってみれば、ミステリーは俗物だ。一段落書くたびに息が詰まる。胃がむかむかする。髪を掻《か》きむしる。時には酒を用いて、無理やり気を紛らわせる。

気づけば、より強いトリップを求め、薬物に手を染めるようになっていた。

妻にはとっくに逃げられていた。

それを気に留めることもできなかった。今は原稿を一文でも書くために、郊外のアパートで注射器を抱えたまま、ぼんやりと夢を見ている。

――ガルガド帝国の諜報機関『蛇』は、彼の部屋を隠れ家にしていた。

『蛇』の一人――『白蜘蛛』はソファでタバコを咥《くわ》えて、札束を数えていた。

マッシュルームのようなキノコ頭の男。瞳はどんよりと濁り、肌は不健康を感じさせるほどに白い。かなり癖の強い猫背で、実際の身長よりもぐっと縮こまって見える。仲間からも『見た目がキモイ』『弱そう』と散々に揶揄《やゆ》されている男だ。

何度も舌打ちを繰り返し、紙幣を細い指先で捲《めく》っていた。

「あのドラッグ漬けの小説家、死んでいないか？」

背後から声をかけられた。

漆黒のフードを被《かぶ》っているせいで、男は顔を晒《さら》していない。しかし長身と、その男のコートから伸びる三本の右腕で仲間だと分かる。太く傷だらけの右腕に巻き付くように、二本の機械的な光沢を放つ腕が伸びている。

――『黒蟷螂』

彼もまた『蛇』の一員だった。

白蜘蛛は、部屋の隅で横たわっているディエゴへ視線を投げる。

「いーや、またバッドトリップして小便ぶちまけているだけ。片づけとけよ」

「なぜ我がやらねばやらぬ」

「見ての通り、俺は仕事中だろうが。あの爺《じい》さん、思ったより金が残ってねぇな。あー、クソ。小説家ってもっと儲《もう》かってんじゃねぇのかよ」

ディエゴから奪った通帳を睨《にら》みながら、白蜘蛛は頭を抱える。

本国からの資金提供を期待したいが、運び屋がＣＩＭの防諜部隊に捕まったらしく、連絡が途絶えている。結局チンケな小説家を薬物に依存させ、金を奪う羽目になった。

「なら仕方がないな」

黒蟷螂が溜め息をつき、白蜘蛛正面のソファに腰をかけた。

「任務続行は無理だ。我は引退する」

「挨拶くらいの感覚で引退宣言するな」

白蜘蛛は猫背をさらに丸め、顔を手で押さえた。

『蛇』の連絡、資金や武器調達およびメンバーの機嫌取りは全て白蜘蛛が担《にな》っていた。クセの強いメンバーに常に振り回されている。

「ったく気楽だよな。『氷刃』っつぅガキのせいで、俺の計画は大分乱れて――」

「なら帰国すればいい」

黒蟷螂が言った。

「『蛇』としてのミッションは果たした。ダリン皇太子と、ミア＝ゴドルフィン局長の暗殺。『炮烙《ほうらく》』の調査資料は気になるが、深追いする程でもないだろう」

「……そうかもな」

「そこまでして『燎火』を殺さねばならないか？」

仇敵《きゅうてき》の名を出され、札束を数える手が止まった。

「半分は私怨《しえん》だ」白蜘蛛が答える。「アイツは銀蟬《ぎんぜみ》を殺し、紫蟻《むらさきあり》の兄やんを拘束した」

「発想が小物だな」

「うっせぇよ。もう半分は知っているだろ？」

タバコを床に吐き出し、踏みつける。

「『燎火』は近い将来『紅炉《こうろ》』の遺志を継ぎ、人類史上最悪の極罪を犯すことになる」

黒蟷螂に強い視線を飛ばした。

「紫蟻の兄やんが負けて確信した。遅すぎたくらいだ。アイツはいずれ『紅炉』の真実に辿《たど》り着く。そうなれば、もう止められない。間違いなく『蛇』最大の敵になる」

「……お前がそこまで口にするか」

「気張れ。誇張なく人類史の分岐点だ。失敗すれば、弱者が蹂躙《じゅうりん》される世界が実現する」

白蜘蛛はそばに置いてある、愛用の狙撃銃を手に取った。

「世界中のどんなスパイよりも殺さなきゃならない。そして今が最大のチャンスなんだ。アイツは今脚を負傷し、ＣＩＭに監禁されている」

内部情報は手に入れている。

本来の計画では『翠蝶《みどりちょう》』を介してモニカを動かし、よりクラウスを消耗させる算段だった。それは完遂できなかったが、十分に傷を負わせることができた。

彼の息の根を止める、この上ない好機。

黒蟷螂は己の義手を見せつけるように右腕をあげた。

「以前も伝えたが、我は全力を出せんぞ。《車轍斧《しゃてつのおの》》は故障している」

《車轍斧》とは、彼の二本の義手のことだ。彼が意のままに動かし、放火、切断、破壊など人間の腕力では難しい工作もたやすく成し遂げる。

「完璧に直すのは帰国せねば無理だ。一時しのぎの修理は施しているがな」

「あぁ知っているよ」

「だが今できることはしてやる。不調とはいえ我は天下無敵だ。英雄は頼みを断らん」

「期待しているよ」

「『翠蝶』はどうする？　捕まっているようだが、救うか？」

「自分でなんとかするだろ。アイツだって『蛇』の一人だ」

「そうか、ところでお前の髪を切ってやる。動くな」

返事を待つことなく、黒蟷螂の義手が動いた。

二メートル以上の距離などないかのように義手は伸び、白蜘蛛の顔のそばを通り抜け、後に髪を散らしていった。

はらりと大量の髪が膝の上に散った。

「…………………………は？」

「お前のそれは目立ちすぎる。では我は行く」

黒蟷螂は短く告げ、振り返ることなく部屋から発《た》った。

ツッコミを入れる気力も湧かない。「……俺の髪」と呟《つぶや》くが、聞き入れる者はいない。

排泄《はいせつ》物の悪臭が立ち込める部屋で息をつく。

数え終わった札束をポケットにねじ込み、ハサミと鏡を持ち出して己の髪を整える。

ハサミを動かすと、自然と思考が研ぎ澄まされる感覚があった。

（――まぁいい。問題はどうやって動くかだ）

余計な時間はない。髪を整えながら、クラウスを殺す算段を練る。

一番の気がかりは、モニカが最後仲間に託したメッセージ。

『コードネーム「炯眼《けいがん》」。あの人を頼れ。「蛇」を打破できる存在は他にいない』

考えなければならない。

――「炯眼」とは誰だ？

該当しそうな人物さえいない。白蜘蛛は、ディン共和国のスパイのデータを把握している。『焔《ほむら》』の裏切者《うらぎりもの》であるギードに教えられた。

――『燎火』のクラウスには『焔』メンバーを除き、懇意の仲間はいない。

――『焔』は『燎火』のクラウスを除き全滅した。

――ディン共和国の実力者の情報は全て『蛇』に漏れている。

この前提の下で、自分たちを打破できる存在がいるのか。彼が頼れるほどの人物がいるのか。いや、いるはずがない。

（……ハッタリ？　だが、なんの意味がある？）

対策すべきか。それは思い過ごしで、こちらを混乱させるための罠《わな》か。

「ま、面白《おもし》れぇ。こっちはこれでラストにする気なんだ。限界まで抵抗してみればいい」

白蜘蛛はハサミで仕上げを済ませ、髪を大きくかきあげる。

「『蛇』と『焔』――最後の化かし合いにしようぜ、バケモン」

◇◇◇

コードネーム『炯眼』――そう名付けられたスパイは、フェンド連邦の首都、ヒューロのビルの屋上で静かに街を観察していた。

脳裏には、クラウスから告げられた言葉がある。

ある冷え込んだ夜のこと、『炯眼』が過ごす寝床にクラウスがやってきた。対面するのは初めてではなかったが、彼は口元を引き締め、緊張した面持ちでいた。

『あえて丁寧な言い方をしよう。アナタの力を貸してほしい』

頭を下げられた。

意外に感じたことを覚えている。

普段は不遜な態度を滲《にじ》ませる青年が、ここまで下手に出るとは。

『「灯」は既に数回「蛇」と交戦している。「灯」の情報もいくらかは露呈しているだろう。ゆえに「蛇」を撹乱《かくらん》するためには、新たな力が必要だ』

クラウスは口にした。

『アナタを「灯」の新たなスパイとして迎えたい』

「…………」

どう答えを示せばいいか、分からなかった。

じっと見つめ返していると、クラウスは頷《うなず》いた。

『僭越《せんえつ》ながら僕がコードネームを授けよう――「炯眼」。それがアナタの名だ』

深く頭を下げ「あの子たちを頼む」と口にする。部下には見せられない光景だろう。

彼なりの決意を受け取り、『炯眼』は小さく頷いた。

クラウスとの記憶を思い出し、『炯眼』は静かに息を吐いた。

どうやら動かねばならぬ時が迫っている。問題はタイミングだ。

――自身は『灯』の作戦そのもの。正体を見破られる訳にはいかない。

『灯』の新メンバーとして、チームを救う大役を果たさなければならなかった。

1章　調教

取り付けられた拘束具に、クラウスは顔をしかめる。

いわく、CIMの最新技術を結集させた拘束具らしい。かなり頑強な造りだ。

両腕がほとんど動かせない状態で、部屋に監禁される。

不満はあるが、クラウス自身、この判断は妥当と認めざるをえなかった。CIMも王族殺しに関与する『蛇《へび》』を拘束するため、クラウスとは協力したい。だが、クラウスを全面的に信頼することはできない。身内から『焼尽《しょうじん》』のモニカを出した前例もある。

――協力は、監視の下で。

対等な条件ではないが、飲み込まざるをえない。『灯《ともしび》』の一部メンバーは、彼らが管理する病院で治療中だ。人質を取られているようなものだ。

外出は許されなかった。扉には外側から鍵がかけられ、武器も奪われている。ベッドもトイレもあり、医者も食事も寄越してくれるらしいが、新聞は与えられない。

当然、仲間との接触も許されない。

スパイとしての行動を大部分、制限されていた。

「立場が逆転しましたわね」

部屋を訪れたアメリに皮肉を言われた。

これまで『灯』と対立してきた最高機関直属特務防諜《ぼうちょう》部隊『ベリアス』の長《おさ》――『操《あやつ》り師《し》』のアメリ。目に大きなクマのある、ゴシック服を纏《まと》う二十代後半の女性。フリルの多い可愛《かわい》らしい服とは似合わない、剣呑《けんのん》な凄《すご》みを放っている。

「しばらくは大人しくしてもらいますわ。ワタクシの監視下で」

「なんだ、根に持っているのか？」

つい先日までは、クラウスが彼女の部下を人質に取り、彼女を支配下に置いていた。

「子どもじみた真似《まね》はよせ。お互い、過去のことは置いておこう」

「……随分と都合のいい言い分ですこと」

「お前たちのためだ。僕はお前たちを許していないし、別に今から争ってもいいんだ」

クラウスは近くの椅子に腰を下ろした。

「僕が大人しくするのは、モニカの意志であり、お前たちに利用価値があるからだ」

「ふん、その壊れた脚で随分と勇ましい」

アメリは嘲るような半笑いで、クラウスの左脚に視線を落としている。モニカとの戦闘で撃たれた箇所だ。そこから更に動き回ったせいで、怪我《けが》は大分悪化していた。

アメリは優れた観察眼の持ち主だ。クラウスが満足に闘えないと見抜いているようだ。

「もちろん、アナタと利用し合うのは望むところです」

クラウスの正面の椅子に腰をかけた。

「今日の夕刻、『ハイド』の一人がこの部屋を訪れますわ」

「最高幹部自らか」

謎に包まれている、CIMの最高機関『ハイド』。

アメリの直属の上司だ。ずっと接触したいと思っていたが、ようやく叶《かな》うらしい。

「特別待遇ですわよ。ワタクシでさえ顔を見るのは、二回目です。そこで『白蜘蛛《しろぐも》』を捕えるための作戦会議を行います」

なるほど、と頷いていると、彼女がトゲのある視線を送ってくる。

「ですが、その前に一点確認したいことが」

「なんだ?」

「先程の『草原《そうげん》』の言葉――アレは本気なのでしょうか?」

白蜘蛛を倒す、という宣言のことだろう。

サラにしては似つかわしくない、強気な発言だった。

「本気だろう」

クラウスは即答した。

「彼女の覚悟を疑うことはしないさ。モニカを救うためだろう。彼女とモニカは師弟関係だった。正直僕の立場が危ういくらい、理想的なものに見えたよ」

「そうですか」

「実力的な話をすれば、もちろん不安は否《いな》めないがな」

厳しい評価になるが、サラの実力は成長途上だ。その才能を信じてはいるが、現時点では他の少女と比べて見劣りすると言わざるをえない。

加えて、他にも大きな懸念《けねん》はある。

「──白蜘蛛が不気味だ」

「不気味？　随分と抽象的な……」

「僕が知る限り、白蜘蛛は『小物』というイメージが強いんだ。言動は粗野で『殺す殺す』と乱暴に喚《わめ》く一方、自分が不利と分かれば一目散に逃げる」

クラウスは三度、接触している。

一度目は、ガルガド帝国で白蜘蛛がギードを射殺した時。二度目は、ディン共和国で、アネットの母親を巡る騒動の最中。三度目は、ムザイア合衆国で『紫蟻《むらさきあり》』を拘束した後。

高い実力はある——はずだが、なぜか「小物」という印象の方が強い。

「今回のフェンド連邦での『蛇』の動きは……僕が知る奴《やつ》の動き方とは異なっている」

「具体的には？」

「グラスに入った水に、一グラムの絵具《えのぐ》が混じっている……そう言えば理解できるか？」

「まったく伝わりませんわ」

「……まぁいい。ただ、サラが『自分がやる』と覚悟を示したんだ。僕は信頼するさ」

心配がないと言えば嘘《うそ》になるが、彼女たちに懸ける判断を撤回する気はない。

少女たちは想定外の成長を遂げることがある。それはクラウスの直感をもってしても予想できない程、突然に急激に。

アメリは言いにくいように声のトーンを落とした。

「ですが、よろしいのでしょうか？」

「ん？」

「アナタの意志は尊重しますわ。けれど、あの小娘《リトルレディ》たちが白蜘蛛を拘束するには、大きな障害があります」

アメリの態度には気まずさが見え隠れしていた。珍しい。

なんだ、と説明を促す。

「大前提、我々はあの三名を拘束しません。それはアナタが認めないでしょう？」

「当然。僕が大人しく監禁される条件だ」

「ええ。ですが、完全に自由という訳にもいかないのですよ」

「…………」

「『ベリアス』と『ハイド』を除き、CIMの諜報員《ちょうほう》は全て『焼尽』のモニカをダリン皇太子殿下暗殺の実行犯だと理解しています。『灯』に在籍していた少女を」

不満はあるが、それこそがモニカの狙いなので仕方がない。自身が『蛇』を騙《かた》り、あらゆる罪を背負うことで混乱を収めた。

しかし、それにより幾つかの障害も発生したらしい。

アメリが気の毒そうに口にする。

「ゆえにCIMの工作員の大半は――『灯』を強く軽蔑しているのですよ」

◇◇◇

三日ぶりに解放されたサラたちは、思わぬ足止めを食らっていた。

午後一時頃に、監禁されていた部屋の鍵が開けられた。

すぐに部屋から飛び出した。真っ先に行うのは、もちろん白蜘蛛の捜索だ。初手どう動くかの打ち合わせは済ませている。一分一秒が惜しい。三人は早足で廊下を進んだ。

しかし玄関の前で、甲高い女性の声が聞こえてきた。


「アハハッ、テメーらが自由に外出できる訳がないでしょうっ！」


廊下の陰から、スーツ姿の女性が飛び出してくる。

女性の右手には球形の機械が握られており、彼女はそれを見せつけるように持ち上げた。

「――《絶音響《ぜっおんきょう》》」

「「「――――っ‼」」」

サラたちは反射的に身構えるが、その攻撃に防御は無意味。

雷鳴のような音が轟《とどろ》いた。球形の機械から発せられた、耳をつんざくような轟音は、少女たちの耳を通し、頭を揺さぶった。一瞬でも耳を塞ぐタイミングが遅かったら、鼓膜が破れていたかもしれない。

当然立っていられない。その場に屈《かが》み、音が止《や》むまで堪《こら》えるしかなかった。

「我がCIMが生んだ、対テロリスト用の制圧武器です。アハハッ、効くでしょう？」

音が止んだ後、女性が誇らしげに笑う。

サラは唖然《あぜん》としながら、見つめる。

（なっ、なんですか。この人っ――‼）

出合い頭に音響兵器を放ってくるなど、正気の沙汰ではない。

髪は数ミリもない程、剃《そ》り上げられていた。街でも見かけない程のベリーショート。服は真っ黒なダブルスーツで決められ、所々バッジで飾られている。歳《とし》は二十代後半というところか。

蔑むような視線を寄越し、女性は名乗りを上げる。

「アタイは『ヴァナジン』の副官、『刀鍛冶《かたなかじ》』のミーネ！　一度しか名乗んねぇから、覚えとけ、小間使いども！」

やけに明るい口調なのに喧嘩腰《けんかごし》だった。

サラとリリィは思わず見つめ合い「その部隊って……」と言葉を零《こぼ》す。

『ヴァナジン』――ＣＩＭ最大の防諜部隊だ。

『灯』からすれば、悪印象しかない組織である。そもそも自分たちを監禁したのも彼らだ。

サラとランを人質に取ってきたのだ。

こちらの悪感情など気にする様子もなく、ミーネは声を張り上げている。

「テメーらを監視する者です。二十四時間張り付くので、そのおつもりで！」

「監視？　なんですか、それは……」

「アハハッ、『焼尽』の元仲間のテメーらを好きに行動させるわけがないでしょう！　そんなことも分かんねぇのかよ、小間使いどもは！」

サラはすぐに理解した。

ＣＩＭに所属するスパイの大半は、モニカの真実を知らない。彼女たちが自分たちを野放しにするはずもない。

「……随分と敵対的じゃねぇか」

立ち上がったジビアが威圧気味に詰め寄る。

「あたしらは協力って聞いているぜ。『灯』とＣＩＭは白蜘蛛を討つため一緒に――」

「アハハッ、思い上がりも甚だしいですね」

ミーネも引き下がらない。

「――協力？　いらねーよ」

笑みを崩さないまま、右手に握った球形の音響兵器を持ち上げる。

再び放たれる、轟音《ごうおん》。脳を破壊しかねない衝撃が、サラたちに襲い掛かる。

「テメーらの力なんざ期待してねぇよ。燎火《かがりび》の小間使い程度が」

音の攻撃を止め、侮蔑的に告げてくる。

サラは口から涎《よだれ》を零しながら「あ……っ……はっ……」と呻《うめ》くしかできなかった。隣ではジビアとリリィも同じように悶《もだ》えている。

一発喰《く》らうだけで、しばらく行動できなくなる。

三対一だろうとミーネの力は圧倒的だった。

「テメーらを生かしてんのは、上からの命令ってだけです」

耳鳴りが止まない中、彼女の声が届いた。

「監視を振り切りたいなら、やってみろよ。『ヴァナジン』総出で殺すだけなんで。アハハッ、言っておきますが、アタイのとこのボスは、アタイの百倍は強いですよ?」

「……っ」

ジビアが小さく舌打ちした。

サラとリリィが息も絶え絶えに「ジビア先輩、ここは引き下がった方がいいっす」「今は堪えましょう」と諫《いさ》める。

さすがに今、CIMを敵に回すのは賢明ではない。分が悪すぎる。

リリィが愛想《あいそ》の良い笑みを浮かべた。

「ミーネさん、分かりました。このリリィちゃん、強い者には従う主義。従順に行動しますよ。靴をペロペロ舐《な》めたいくらいです」

「アハハッ、賢明な小間使いですねっ」

ミーネが上機嫌に右足を前に出した。

リリィは見なかったように無視して、言葉を続ける。

「それに、ちょうど案内してほしい場所もあったので」

屈辱的ではあるが、今は彼らの監視下にいるしかないようだ。

元々少女たちの最初の行く先は、ＣＩＭの協力が必要だった。

◇◇◇

国営病院の敷地《しきち》内に、何重もの柵で囲われた不思議な病棟がある。

主な患者は、ＣＩＭの工作員や彼らが拘束したスパイ。他には、世間には公表できない病気を患《わずら》った政治家や王族。一般病院には行けない訳アリ患者のための病棟だ。

お見舞い――それが、リリィがミーネに願い出たことだった。

現在、多くの『灯』関係者がＣＩＭの管轄する秘密病棟にいた。

敷地に入ったところで、ミーネが彼女らの容態を説明してくれた。

「『浮雲《うきぐも》』はリハビリ中ですね。今は監視の下で散歩中だそうです」

『浮雲』のランは『鳳《おおとり》』唯一の生き残りだ。『ベリアス』に襲撃されて以来、まともな治療を受けられなかったが、今は少しずつ回復しているようだ。

「で、『忘我《ぼうが》』とは面会できませんね。つーか、部屋は立ち入り禁止です」

「え？　アネットが？」ジビアが聞き返す。

「目は覚めたようですが、興奮して暴れ出すんで、手錠をつけてベッドに縛り付けているそうですっ。アハハッ、獣みたいですねっ」

アネットは、裏切ったモニカに肋骨《ろっこつ》を折られ、半殺しに近い重傷を負っていた。ちょうど今いる地点から、彼女の病室が見えるらしく、ミーネが指し示す。四階だ。換気用か、小さく窓が開いている。そこから金属同士がぶつかる音が聞こえてくる。

非人道的な扱いに、リリィとジビアが不満そうに眉を顰《ひそ》める。

サラも「……っ」と呻き、連れてきていた鷹《たか》の頭を撫《な》でる。

ミーネはその反応を面白がるように笑みを見せ、説明を続けた。

「で、『愚人《ぐじん》』には会えますね。怪我《けが》が酷《ひど》いようですが」

サラたちはまず彼女——エルナの病室に向かうことにした。

案内された個室で彼女は熟睡していた。

ＣＩＭに挑んだモニカをサポートするため、彼女は銃弾の嵐の中に飛び出した。一般市民のように振る舞い、あえて被弾し、モニカが休息する時間を稼いだ。

痛々しい献身——だが彼女の支えがなければ、モニカは殺されていただろう。

本来彼女もまたモニカをサポートした咎《とが》で糾弾されかねないが、アメリが特別に計らい、匿《かくま》ってくれたようだ。

「後は任せとけよ」

ジビアが眠る彼女の頬に触れると、「の……」と心地よさそうな寝言が聞こえてきた。

今はゆっくり眠ってもらおう、と判断し、お土産のフルーツだけ置いて退室した。

最後の病室に向かおうとした時、ミーネが顔をしかめた。

「で『愛娘《まなむすめ》』ですが、看護師がかなり手を焼いているそうですね」

サラたちは首を捻《ひね》った。

意外だった。グレーテは比較的、問題行動がない少女だ。

「かなり衰弱しているのに、まったく休まないそうですよ。十日間以上絶食に近い状態で放置されていたのに。アハハッ、自身の状態も把握できない愚かな女ですねっ」

ミーネが苛立《いらだ》たし気に舌を鳴らした。

「説得してくれます？　不服ですが、テメーらの健康管理は上からの命令なんで」

直接見た方が早い、と促され、サラたちは病室へ急いだ。

リリィが扉を開くなり「大丈夫ですか？　グレーテちゃん」と声をかける。

「皆さん……！」

グレーテはすぐに気づいたようだ。ベッドの上で頬を緩めている。

だが、驚いたのは入室したサラたちの方だ。

ベッド周辺が大量の藁半紙《わらばんし》で埋め尽くされていた。

一枚一枚が万年筆の走り書きで満たされている。ベッドに備え付けられたテーブルには新聞、ヒューロの地図、ラジオが置かれている。情報全てを書き殴っていたようだ。

リリィが彼女に駆け寄り、優しく諭す。

「な、何をしているんですか。休まないとダメですよ⁉」

「いえ。今のわたくしにできることは、分析くらいしか……」

どうやらグレーテは情報の整理に取り組んでいたらしい。看護師に無理を言って、藁半紙や万年筆を持ってこさせたのか。

「で、でも助かるっす」

サラはベッドのそばで本題を切り出した。

「実は、自分たちもグレーテ先輩の分析を聞きに来たんです」

そう、見舞いの一番の目的がそれだった。

『白蜘蛛を捕まえるぞぉ！』と張り切った少女たちであったが、すぐに行き詰まった。人口過密のヒューロの街で、たった一人の男を捕まえるなど不可能。手がかりもない。

――正直、何をどうすればいいのかも分かんねぇ。

三人全員が同じ趣旨のセリフを吐く始末であった。

「……想定通りです」

グレーテは柔らかく微笑《ほほえ》んだ。

「それを皆さんにお伝えしたくて、話す内容をまとめてきました」

「あたしらの参謀、心強《づよ》っ」とジビアがコメントする。

すぐさまベッドを囲んだ。

「教えてください。白蜘蛛を捕まえる方針」

「……わたくしが進言したいのは、二点です」

彼女はベッドに広げられていた地図を指し示す。

「まずはモニカさんから最後に連絡があった町――イミラン一帯の捜索」

それはそうだ、とサラたちは頷《うなず》いた。

ＣＩＭとの死闘後、モニカはヒューロ南東にある小さな町に向かった。イミランという町で、そこには『焔』の一員――『炮烙』のゲルデの隠れ家がある。身を休ませるために目指したのだろう。

　病室の端から陽気な声が響いた。

「アハハッ！　そこはとっくに我々の同胞が捜索済みですよ！」

　ミーネが楽し気に笑っている。

「戦闘があったと思われる、全焼した建物は見つけました。が、周辺に『蛇』の痕跡は影も形もなかったです！　憎き『焼尽』の行方も分からずじまい！」

　既にクラウスがCIMに捜査させていたようだ。だが事件直後に降った大雨のせいで、臭いや痕跡は消えてしまったという。

　グレーテはミーネの存在を軽く受け流した。

「……なるほど。遺体が見つからないとなれば、モニカさんは『蛇』に連れ去られた可能性もありますね……ただ、追うヒントがない以上、捜索はCIMに任せましょうか」

　妥当な判断だ。

　土地勘のない自分たちが闇雲に探して見つかるとは思えない。

「我々は次の可能性に懸けましょう」

　彼女は一際《ひときわ》力強い声で告げてくる。

「ダリン皇太子殿下の葬儀前後――ボスを殺しに来る白蜘蛛を捕えること」

サラは瞬《まばた》きをする。

提案がすぐに飲み込めなかった。論理の飛躍が感じられた。

ジビアも同様のようで不思議そうに首を捻っている。

「……ん？　白蜘蛛がボスを殺しに来る根拠は？」

「白蜘蛛は、ボスに並々ならぬ執着があるようです……ボスは負傷し、拘束中。このチャンスを逃すとは思えません……決して低くない可能性でしょう」

ミータリオの任務直後に聞いた、彼の声音を思い出した。

――『ただ次は殺す。本気で邪魔だな、お前は。俺たち「蛇」にとって。マジで殺す。力で押し切るやり方はやめだ。確実に、念入りに、周到に、お前を嵌《は》める算段を練る』

乱暴な語彙だが、並々ならぬ殺意は感じられた。

次はリリィが手を挙げた。

「葬儀というのは？」

「……四日後に開かれると政府発表がありました。各国から来賓が招かれる、参列者が二千人を超える一大セレモニーです。必然的にボスの警護が薄くなります」

三日間監禁されていたリリィたちが知らなかった情報だった。

――ダリン皇太子殿下の葬儀。

建前上、暗殺者が捕捉され死亡したことにより、直ちに執り行われることが決定した。凶弾に撃たれた世界的影響力のある王族を弔う儀式は、フェンド連邦の盤石《ばんじゃく》な国家基盤を示すため、各国の王族や要人を招き、盛大に行われるという。

国家としての威信に関わるため、二度目の暗殺はあってはならない。

ミーネもまた同意する。

「ええ、世界各国から来賓が来るなら、当然スパイも紛れ込むんで！　防諜《ぼうちょう》部隊はてんてこ舞いですね！　アハハッ、そもそもアタイらに『燎火』を守る義務もないし！」

ＣＩＭは国中のスパイと警察を集め、テロの警戒をしなくてはならない。

――つまり、白蜘蛛がクラウスと接触しやすい状況。

そこまで聞いた時、サラたちは、おぉ、と声を上げていた。

もちろん白蜘蛛が確実に訪れるという根拠はない。だが、手がかりもなしに街を駆けずり回るより、確率はかなり高そうだ。

「そ、そこまで絞れたなら、対策はできますよ。凄《すご》いです、グレーテちゃん」

リリィがグレーテの腕を掴《つか》み、ぶんぶんと振りまわす。

「それに懸けましょう！　レッツ準備です！」

「ただ……彼を捕らえる上で、大きな懸念《けねん》点があります」

リリィとは対照的な浮かない顔で、グレーテが漏らす。

「問題はむしろこちらの方で……」

深刻な声音だった。まだ伝えたい分析があるようだ。

「白蜘蛛の周囲で、裏切りが頻発しているのが気になります……」

確かにクラウスの師匠にして『焔《ほむら》』の裏切者《うらぎりもの》――ギードを射殺したのは白蜘蛛だった。

ＣＩＭを裏切っていた『翠蝶《みどりちょう》』を操っていたのも、『灯』を裏切ったモニカに追い打ちをかけたのも彼だという。

「そもそも、モニカさんが短期間で寝返ったこと自体、かなり謎が多いのです……」

「確かに、手際《てぎわ》が良すぎるっすね」

サラが同意する。モニカの恋心など『灯』の少女たちでさえ見抜けていなかった。それを短期間で察し、裏切りを導くなど並大抵の技術じゃない。

「つまり、懸念とは――」

グレーテが言いにくそうに口にした。

「白蜘蛛はおそらく――敵を寝返らせる力、を有しているのではないでしょうか……？」

「「「――っ‼」」」

サラたちは同時に目を見開いていた。

彼女の推測には納得できる部分があった。『蛇』には、三百人弱の一般市民を暗殺者に変えた紫蟻《むらさきあり》のような、人間離れした技能を持つ者がいる。白蜘蛛が常識では計り知れない力を有していてもおかしくない。

絶望的な知らせだった。

「どういうことです……？」

リリイが目を剝《む》いている。

「もしかして、また裏切者が出るんですか……？」

白蜘蛛がその力を有していると仮定して、これまで何が起きたか。

――ＣＩＭの最高幹部を寝返らせ、『ベリアス』に『鳳』と『灯』を襲わせた。

――モニカを『灯』から孤立させ、クラウスと殺し合いを行わせた。

二つの裏切りは『灯』に大きな喪失を与えてきた。

サラたちが言葉を失っていると、グレーテの手の震えに気が付いた。

「不安です……夜も眠れなくなる程に……」

「グレーテ先輩？」

「もしCIMの中に『蛇』に与《くみ》する者が現れたら、ボスの命が危うい……例えば、こんな想像したくはないのですが……」

グレーテは言葉を発することさえ躊躇《ちゅうちょ》するように、何度か唇を噛《か》んだ。

「――ボスが捕らえられた部屋に毒ガスを流せば、いくらボスでも……！」

容易に想像できる可能性だった。

今のクラウスは負傷し、自由も武器も奪われている。いくら彼と言えど人間だ。密室に致死性のガスが充満すれば死ぬ。

背後でミーネが「CIMに裏切者？　ありえませんよ、アハハッ―」と笑う。

が、それは楽観的すぎる見立てだろう。

「お願いします……どうか、ボスを守ってください……」

グレーテは訴えかけるように、近くのリリィの手を握る。

「分かっています……今のわたくしが病室から出ても迷惑になるだけ……だから、後生です……どうか、わたくしの代わりにボスを……っ」

彼女の目元から落ちた涙が藁半紙を濡《ぬ》らしていった。

大量に思考を綴《つづ》られた紙束。そこにはあらゆる危機にも対応できるよう、対策が隈《くま》なく記されていた。

ふっと彼女の身体《からだ》から力が抜ける。

「グレーテ先輩っ⁉」

慌ててサラが抱きかかえる。

既に彼女は静かな眠りについていた。役目を果たせたことに安堵《あんど》するように。


病院から出た時、サラたちの口数は少なかった。

負傷した仲間を見舞ったことで、今一度強い使命感に駆られているが、同時に強い危機感にも焦がれている。

改めて敵の凶悪さを突き付けられた。

――『炬光《きょこう》』のギードを裏切らせ、『焔』を壊滅に導いた男。

――ＣＩＭ最高機関の一員を寝返らせ、ＣＩＭを陰で操っていた男。

――遂《つい》にダリン皇太子を射殺した本物の暗殺者。

それだけを列挙しても、少女たちでは到底実現できない奇跡を成し遂げている。『白蜘蛛を倒す』という宣言がいかに認識不足の言葉だったか。

沈んだムードをかき消すように言ったのは、ジビアだった。

「け、けど攻略法がない訳じゃねぇ！　モニカがヒントを言い残してくれただろ？」

サラとリリィの背中を同時に叩《たた》いてくる。

「コードネーム『炯眼《けいがん》』――あたしらには最強の助っ人がいる」

フェンド連邦に発《た》つ直前に『灯』が定めた策略だった。

背後にいるミーネが「ん？　『炯眼』とは誰です？」と反応するが無視する。『炯眼』に関しては、名前以外の情報は絶対に明かさないという取り決めだ。

サラは首を横に振った。

「いや、いくらなんでも、あの人を無策に呼んでも仕方がないと思います」

ミーネのそばでは詳細を語れないが、『炯眼』は全てを解決できるスーパースターという訳ではない。

まずは自分たちで策を練らなければならなかった。

これ以上グレーテには負担をかけられない。

「と、とりあえず裏切者を警戒しましょう！」

リリィが焦《あせ》ったように声をあげた。

「白蜘蛛は新しい裏切者を作るかもしれません。協力して、すぐに調べましょう。もしクラウス先生を監禁するＣＩＭの人が寝返っていたら一大事です」

グレーテから警告された――新たな裏切者。

リリィの指摘通り、まずはそこから取り掛かるのが妥当だが――。

「アハハッ、そんな捜査をアタイが許すはずがないでしょう！」

――見張りのミーネがそれを許すはずもなかった。

陽気な笑いを続けながら、威圧してくる。

「そんな根拠の乏しい憶測で、アタイらの内部情報を探る気ですか⁉　大人しく引き籠っとけよっ、小間使いども！」

「…………っ！」

腹立たしいが、当然の対応だ。あらゆる捜査を認めてくれるはずもない。

ジビアが敵意の籠った視線をぶつけているが、それ以上は何もできなかった。今彼らと敵対するのは悪手に他ならない。

（足りないっす……）

八方塞がりの状況に打ちのめされる。

自分たちが次に取るべき行動さえ見つけられない。

（情報も、人手も、実力も、何もかもが不足しているっすよ……）

恐ろしい白蜘蛛の能力、短いタイムリミット。クラウスとは面会できず、自分たちを取り囲むＣＩＭは非協力的。

（けど……こうしている間にも、モニカ先輩が……ボスが……っ）

焦燥に駆られる。

――白蜘蛛を捕らえなければ、モニカを救い出せない。

――白蜘蛛を止めなければ、クラウスが殺される。

理解していても活路が見いだせなかった。

（でも今の自分たちには、他に頼れる存在なんて――）

悔しさを堪《こら》えながら拳を握る。

病院の前でなすすべもなく佇《たたず》んでいると、ミーネが所有する無線機が音を鳴らした。何か通信が入ったらしい。

彼女はしばらく無線機に耳を当てた後、口元をにやつかせる。

「アハハッ、更なるバッドニュースですよ」

なぜか楽しそうに告げてくる。

これ以上の悪い報告など聞きたくもないのだが。

「ウケますね。さっき、協力？　って言いましたか？　でも残念っ！　テメーらの仲間は、テメーらと協力する気はないようですよ？」

挑発的な口調に、ジビアが「なんだよ？」と反応する。

「これからアタイらは射殺に動きます」

ミーネがジャケットをめくり、ホルダーに収納された拳銃を見せつける。

「――『忘我』のアネットが病室を脱走したようです」

◇◇◇

クラウスがアメリと情報交換を進めていると、彼女の部下が激しい剣幕で入ってきた。

状況をかいつまんで述べられる。

――『忘我』が病院から姿を消した。

『灯』の少女たちには行動の自由が保障されているが、監視もなしに動き回ることまでは認められていない。現在、ＣＩＭの動ける者が行方を追っているという。

クラウスにとっても意外な展開だった。

監禁され、アネットの病室に見舞うことができなかったせいで全く予見できなかった。

「……相当まずいな」思わず息を呑《の》んでいた。

「ええ」アメリも頷《うなず》いている。「『忘我』を追うのは、『ヴァナジン』の部隊のはずです」

「そうか、すぐに止《や》めさせた方が良い」

「ええ、あそこの人間は手荒です。もしかすれば追手が『忘我』を射殺し――」

「違う、心配なのはそっちじゃない」

端的に誤解を解くことにする。

「アネットが追手を鏖殺《おうさつ》しかねない」

え、とアメリに聞き返されたが、冗談のつもりはなかった。

モニカに敗北したことで、アネットが荒れること自体は予想していた。挫折らしい挫折を経験しなかった少女だ。そして内には、戦慄する程の邪悪を秘めている。それが初めて痛烈に刺激された時、爆発的な化学反応を起こすかもしれない。

今思えば、モニカはアネットの潜在能力を引き出そうとしたのだろう。

だが、それはクラウスでさえ躊躇する程のブラックボックスだ。

「……あの小娘《リトルレディ》は何者なんですか？」

アメリが呟《つぶや》いた。

「ワタクシの部下を一方的に倒したそうですね。『自壊人形《じかいにんぎょう》』は片腕を切断され、しばらく現場を退く羽目になりました」

「そうだな、乱暴なカードを切らせてもらった」

クラウスが指示したことだ。

彼女は『ベリアス』の副官の闇討ちを引き受け、あっさり成し遂げた。おまけに切り落とした腕を笑顔で踏みにじったというのだから恐ろしい。

「僕にも分からないことが多いよ。アイツに関しては」

正直に明かした。

「ただ、この間違った世界に正しく順応してしまった、恐ろしい何か、だ」

存在そのものが間違っている――そんな言葉は使いたくない。

しかし、殺人に一切の忌避感を持たない少女は、どのような評価が妥当だろうか。

「即刻リリィ、ジビア、サラの三名に追わせた方がいい」

「それが良さそうですわね」

アメリが頷き、迅速に部下へ指示を送る。長々と説明を聞かずとも対応してくれる辺り、彼女の聡明《そうめい》さが窺《うかが》える。

「……なるほど。彼女たちが『忘我』を止める手段を知っているのですね。参考までに聞きますが、それは一体どのような――」

「いや、彼女たちは何も分かっていない」

「は？」

「アネットが秘める邪悪な本性――僕はその存在をまだ部下には説明していないんだ」

「…………」

ひどく呆《あき》れたような目を向けられた。

「では、どう止めろと……？」

睨《にら》まれても、仕方がない。

無遠慮にアネットのプライベートな部分を広めたくなかった。

スパイというより教師としての判断だ。

彼女自身、己の本性を意図的に隠そうとしていた。母親の暗殺も、バイト先の迷惑客の襲撃も、仲間に悟られぬよう実行していた。

「だが、他にアネットを止める手段もない」

クラウスは首を横に振る。

もちろん自身を部屋から出してくれるなら話は別なのだが、それは叶わないだろう。

アメリが納得いかない様子で顔をしかめていた。

「部下を信頼しすぎではありませんか？」

「ほぉ……？」

既に彼女は長期間、少女たちと接している。優れた観察眼からクラウスが気づかない懸《け》念《ねん》を見抜いているのかもしれない。

「先ほどからずっと思っていました。アナタは随分と自身の教え子を評価しているようですが、つい先日に起こったことをすっかりお忘れで？」

「……なんだ？」

「教え子に裏切られた――アナタは教育者として失敗したのです」

突き付けられた言葉は否定できなかった。

モニカを止められなかった件だ。彼女のボスとして、そして教官として、あの件は手痛い失態に他ならない。

つまり、とアメリが厳しい声音で告げてくる。

「モニカの裏切りは、あの子たちの絆《きずな》を壊すには十分ではないのですか？」

◇◇◇

アネットの脱走は、CIMにとっても衝撃的らしい。

そもそも彼女は病室で四肢を拘束されていた。

また、CIMが管理する病棟はその性質上、厳重なセキュリティーを誇っている。外部からの侵入も内部からの脱出も専用のパスワードと鍵が必要だ。他のCIM工作員の立ち合い以外の方法での出入りはまず不可能。

脱走者など前代未聞《ぜんだいみもん》らしい。

「そもそもっ‼」

ヒューロの街を駆けながらジビアが叫ぶ。

「アネットは出歩いて大丈夫なのかよっ⁉　だってアイツは――」

「絶対安静に決まっていますよ‼」

リリィも負けじと声を張る。

「でも平気で出歩いちゃうのが、アネットちゃんでしょう‼」

ミーネの説明を聞き終えると弾《はじ》かれたように、サラたちは動き出していた。病室からアネットの寝具を入手し、サラの仔犬《こいぬ》に嗅がせて臭いを捜す。

病院から離れていないと判断し、裏路地に狙いを絞った。

時刻はまだ昼下がりと言える時間帯だ。街には人が溢《あふ》れかえっている。病衣の眼帯少女が出歩いていれば目立ちそうなものだが、中々見つからない。

すぐにでも見つけなければならない理由があった。

まずＣＩＭが脱走者を認めるはずがない。ミーネが言った通り、即刻アネットを射殺しかねない。またアネットは重傷だ。怪我《けが》が悪化すれば、彼女の命が危ぶまれる。

（アネット先輩……）

サラは彼女の心情を想《おも》い、歯がゆさに駆られる。

もっと気にかけてやるべきだった、と自身の失態を反省する。

雑踏を進んでいると、サラの前を駆ける仔犬が方向転換した。

「ジョニー氏が反応したっす！」

仔犬はぴょんと跳ねると、ある公共施設の出入口に向かった。

大通りに面してはいるが、黒い口がぽっかり空いているような気味の悪い暗がり。

「地下鉄っすっ‼」

ヒューロは、世界でもっとも早く地下鉄を導入した街だ。導入当時は煤煙《ばいえん》が立ち込める蒸気機関車であったが、今では電気機関車に切り替わり、線路は街中に拡大している。

「さすが、アネットちゃん。逃げるため、地下に潜りましたか」

リリィが速度をあげ、出入口に飛び込む。

地下に続く階段は照明が少なく、薄暗い。

潜れば潜るほど、陽《ひ》の光が遠ざかっていく。換気システムは稼働《かどう》しているようだが、それでも息苦しさが増す。煤《すす》っぽい空気に喉がやられそうになる。

さすがにアネットも地下鉄には乗れないだろう。

長い階段を下りきったところで「関係者以外立ち入り禁止」と表示された扉があった。

本来閉め切られているはずだが、僅かに開かれている。

仔犬がその扉の隙間に入っていき、少女たちも後に続いた。

「……非常用通路ですか」

後ろに続くミーネが感心するようにコメントする。

事故やメンテナンス用に、地下鉄には線路と並行して人が通れる道がある。アネットはそれを利用し、移動しているようだ。

置かれていた非常用の懐中電灯を借り、先を急いだ。

「血だ！」

数分駆けたところで、ジビアが通路の床を懐中電灯で照らした。

床には血液が付着していた。闇に溶け込むような黒々しさを孕む赤。

「やっぱり出歩いちゃダメだったんだよ！　どっかでくたばっていたら――」

ジビアが声を張った時、ちょうど電気機関車がやってきた。

少女たちが進んでいる通路のすぐ横を、轟音《ごうおん》を響かせ、巨大な鉄の塊が駆け抜けていく。

車両の強い光が通路を照らしていった。

あ、と最後尾にいたリリィが声を漏らした。

闇の中――アネットが血を吐きながら、座り込んでいた。

コンクリートの壁に背を預けて、瞳を閉じている。

口元からは血が溢れていた。通路に点々と落ちていたのは、彼女の吐血だったらしい。

「アネット、先輩……？」

車両が過ぎ去り、再び通路に静寂が訪れた時、サラが声をかける。

「傷口が開いているっすよ……すぐに病院へ戻りましょう……」

懐中電灯の明かりを向けると、アネットの目が開く。

生きてはいるらしい。病院を脱走したはいいが、途中で容態が悪化したか。

(けれど、いつもと雰囲気が違うような……)

つい息を呑《の》んでいた。

ジビアは躊躇《ちゅうちょ》することなく「おいおい、大丈夫かよ」と近づいていく。

するとアネットが立ち上がると同時に、何かを振るった。まるで鞭《むち》のようなものが通路の床に叩《たた》きつけられる。

メンテナンス通路に強い火花が散った。

「――――っ‼」

ジビアとリリィが同時に後方へ飛びのいた。巻き込まれるようにぶつかったサラもまた、悲鳴をあげる。

アネットの右手には、太い電線が握られていた。

盗んだナイフで、通路に伸びていた配線を引き千切ったのだろう。絶縁外皮から鋼線がはみ出て、ショートし小さな火花を散らしている。

「俺様に構わないでください」

普段のアネットとは異なる、感情味のない声だった。

電線から飛び散る火花が、闇に佇む アネットの横顔を浮き上がらせる。

「俺様——モニカの姉貴を殺しに行きます」

指の先が痺《しび》れる感覚がした。

冷や水を浴びせられ、息が詰まるような心地。

サラが知っている『忘我』のアネットは、いつも純真無垢《じゅんしんむく》な笑みを見せていた。黙っているだけなら天使のような愛らしさ。奇行が目立ち、周囲を困らせる言動は多々ある問題児であるが、自分たちの心に癒《いや》しを与える小さな女の子。

——目の前にいるのは、サラが知らない『何か』だった。

「リリィ……サラ……」

ジビアの声が震えていた。

「……今の発言、冗談じゃない……本気の殺意だ……」

彼女もまた、アネットの異様さを感じ取っているらしい。

これまでサラたちも、彼女の異質さを全く感じ取れなかった訳ではない。一緒に任務をこなす中で、秘め事があることは予想していた。

しかし、あまりに度が過ぎている。

――モニカであろうと、自身を傷つけた者は抹殺する。

それはアネットが誰にも見せなかった、側面なのか。

ミーネが一歩前に出て、ジャケットの内側に腕を突っ込んだ。拳銃を取り出そうとしている。リリィが「待ってください！」と慌てて取り押さえる。

すぐに説得しなくてはならない。でなければミーネが発砲しかねない。

「アネット先輩」

まず彼女と親しいサラが呼びかける。

「モニカ先輩は仲間っすよ？　アネット先輩を襲ったのは、きっと理由が――」

「仲間ってなんですか？」

アネットは動じない。

「俺様、姉貴たちを『愉快なオモチャ』としてしか認識したことがないです」

「…………っ」

「さっさと戻ってください。俺様の邪魔をしないでくださいっ」

喉を絞めあげられるような、虚《むな》しさに苛《さいな》まれる。

アネットの言葉は嘘《うそ》でないようだ。これまで『灯』で笑っていたのは、アネットにとって居心地のよい環境だからか。絆などという安っぽい情ではない。

自身を不愉快にさせる者は、抹殺対象。

クラウスだろうとサラだろうと、ジビア、ティア、グレーテ、エルナ、リリィ、そしてモニカだろうと不愉快に感じれば、躊躇なく命を奪う。

――あるのは「俺様」という究極の自己中心主義。

天使のような笑みに隠されていた、剝《む》き出しの邪悪が立ちはだかっている。

どう説得すればいいのか分からない。膠着《こうちゃく》状態が続いた。

先に体勢を崩したのはアネットの方だった。

「ッ‼」

苦し気に血を吐き、一瞬足が揺らぐ。

「アネットっ！」ジビアが叫ぶ。

が、彼女が一歩踏み込んだところで、体勢を持ち直したアネットに電線を振るわれ、二の足を踏む。まるで近づけさせてくれない。

アネットがまだ病院で療養すべき状態なのは明らかだ。

しかし気遣うことさえ許されない。

ジビアが悔しそうに後ずさりをする。この直線的な通路では彼女の瞬発力をもってしても、対応が難しい。

リリィが唇を噛《か》みながら、一歩前に出る。

「っ――分かりました。アネットちゃんの殺人を手伝いますよ」

ジビアが「はぁっ？」と不思議そうな顔をする。

サラは意図を理解した。リリィの言葉は本心ではない。今は形の上でアネットの願望を認め、病院に連れ戻す算段か。

「モニカちゃんを殺すサポートをしますよ。だから、ね？　まずは怪我を治しましょう。モニカちゃんの行方は知りませんよね？　捜す手伝いもします。だから――」

「そういう誤魔化しはいいです」

アネットは冷たく吐き捨てた。

「姉貴。まだ俺様を頭の悪いガキだと思っているんですか？」

「――――っ‼」

凍り付いたような光のない目に、リリィが悪手を恥じるように息を呑む。

姑息《こそく》な言葉はあっさりいなされる。

「俺様、本当に分からないんです」

アネットが苛立《いらだ》たし気に電線を振り回した。

擦れ合う配線同士が火花を散らし、闇の中、彼女の顔を白く浮き上がらせる。

「こうやって姉貴たちが俺様を引き留める理由が！　仲間ってなんですか？　人を殺しちゃいけない理由ってなんですかっ⁉」

駄々をこねるように振り回される電線が無数の火花を生み出していく。

天井で爆《は》ぜ、壁で爆ぜ、床で爆ぜ、空気を焦がしていく。

「なんで俺様はみんなと違うんですか⁉　なんでそれを隠さないといけないんですか⁉」

火花が爆ぜる。

「窮屈なんです、俺様はっ‼　俺様の目に映るものが、大っ嫌いなんですっ‼」

火花が爆ぜる。

「大人になったら、この視界にある、真っ赤な、真っ赤なものから離れられますかっ⁉」

――真っ赤な？

サラはアネットの言葉が呑み込めなかった。

だが、それはもう推理しようのない言葉だ。アネットにはアネットにしか見えない世界があり、自分たちには知覚できない。

――アネットを理解できない。

彼女は今、必死で何かを訴えかけている。己の本性を晒《さら》し、痛烈な感情を吐き出し、身体《からだ》の痛みを堪《こら》えながら叫んでいる。

しかし、立ち尽くすことしかできない。

隣のジビアやリリィも同じだ。じっと見つめるしかできない。

ここに他の『灯』の少女がいても同じだっただろう。交渉に長《た》けたティアも、優れた智《ち》謀《ぼう》を有するグレーテも、相手にできるはずがない。

人を殺すことでしか衝動を発散できない存在と、どう向き合えばいい？

「アハハッ、もう限界でしょう」

ミーネの乾いた声が響いた。

「よく分かりませんが、頭がイカレちまってますよ、『アレ』。とっとと下がってください。アタイの《絶音響《ぜつおんきょう》》で制圧した後、銃殺します」

ジビアとリリィが同時に「待て！」と訴えるが、彼女は淡々と「じゃあ、どう説得するんです？」と眉間に皺《しわ》を寄せる。

答えられないでいる少女たちを見て、ミーネは、アハハッと笑う。

「テメーらは所詮、口だけなんですよ」

歯を覗《のぞ》かせ、嘲《わめ》ってくる。

「白蜘蛛を倒すだとか喚いても、結局何ができるんですっ⁉ え？ 答えてみろよ⁉ 仲間一人説得できない体《てい》たらくでよぉっ⁉ アハハッ、マジでうっぜぇ！」

「……っ」リリィが唇を噛んだ。

「何にもなれない小間使いどもが、出しゃばんな！」

球形の音響兵器を取り出そうとするミーネ。

そして、それを止めようとするリリィとジビア。

通路の奥からは新たな足音が聞こえてきていた。他のCIMの人間が駆け付けてきたのだ。到着すればミーネに加勢し、アネットを攻撃するだろう。

タイムリミットは近い。

CIMとアネットの間で殺し合いが勃発してしまう。

（……ダメっすよ、そんなの）

最悪の結末を想起し、サラの心が恐怖に呑み込まれていく。

このままではアネットが殺されかねない。

しかし彼女を逃がせば、新たな問題が起こるのは火を見るよりも明らかだ。

（絶対にアネット先輩を死なせちゃいけない）

状況を打開しなくてはならない。

だが、彼女にはリリィやジビアの言葉も響かない。説得は失敗に終わっている。

こちらの常識が通じない、理外の存在と対話できる者など――。

「――っ‼」

そこまで気づいた瞬間、サラは静かに息を吸い込んだ。

覚悟を決める。

電線を握りしめているアネットに歩み寄る。キャスケット帽をかぶり直し、今度は大きく肺いっぱいに空気を取り込む。ジビアやリリィに制される声に反抗し、前に進む。

「アネット先輩」

精一杯の微笑《ほほえ》みを浮かべる。

「――もう怯《おび》えなくていいっすよ」

一瞬、アネットが呆気《あっけ》に取られるように口を開けた。

その隙を見逃さなかった。

「コードネーム『草原』――駆け回る時間っす」

前方に飛び出しながら腕を振るう。

地下鉄用の線路に潜ませた、自身の動物に指示を送る。鷹《たか》、鳩《はと》、ネズミ、犬。サラが有するペットの総力。闇の中に潜んでいた彼らがアネットを取り囲んでいく。

「っ⁉」

　虚を突かれたアネットの動きが止まった。

　ほぼ同じタイミングで、サラは接近を終えている。抵抗しようとする相手の腕をすり抜け、背後から抱きかかえるようにアネットを押さえた。

「――もう大丈夫っすよ」

　サラがアネットの頭を撫《な》で、抱きしめる。

「大丈夫っす。大丈夫っすから！　もう怖がる必要はないっすよ」

「姉貴、離れてくださいっ」

　アネットが叫んだ。

「俺様、怖がってなんかないですっ！　ただ分かんないだけですっ！」

　動物に身体をまさぐられ気味悪いのか、既に電線を手放していた。身を捩《よじ》りながら、サラの抱擁から逃れようとしている。暴れる彼女の力は凄《すさ》まじい。

「俺様！　気持ち悪いんですっ！　この真っ赤な！　真っ赤なものが嫌なんです！」

　彼女にしか理解できない言葉を紡《つむ》ぎ続ける。

「姉貴たちは！　俺様を窮屈な檻《おり》に閉じ込めるだけですっ！」

　強い怒号。

「じゃなければ！　いつか俺様を悪者扱いして、姉貴たちは俺様を殺すんですっ！」

まるで悲鳴だ。叫び続けたせいで声も嗄《か》れ、息も絶え絶えになっている。

サラは一切力を緩めずに、アネットを抱き続ける。

「檻なんかに閉じ込めないっすよ！」

負けじと声を張り上げた。

「悪人であることが、人を殺すことが、アネット先輩を否定する理由にはならない」

「じゃあ、俺様はどうすれば——」

「何も変わらなくていいんです！」

サラはアネットの頬に触れた。


「——たとえアネット先輩がどれほど悪人になっても、自分は受け入れるっすよ」


ジビアとリリィが「は……？」と呆気に取られた声をあげる。

抱擁を止《や》めなかった。祈るように唇を噛み、アネットの身体を離さない。彼女のペットたちもまた縋《すが》るようにアネットに寄り添っていた。

サラは知っている。

言葉が通じない相手に最初すべきは、説得ではない。無論、交渉でも懲罰でもない。

――許容することなのだ。

アネットの存在を「言葉が通じない何か」と認識した時、すぐに答えは出た。

むしろ自分の得意分野ではないか。鷹も、鳩も、ネズミも、犬も、心を交わしてきた。

まずは受け入れること。相手の全てを呑《の》み込んでやること。指導なんて後で良い。

それはサラが誇れる――たった一つの取り柄なのだから。

少しずつアネットの力が緩み始めた。

「……俺様………」

唇から呟《つぶや》きが漏れる。

「……悪い子のままでいいんですか？」

「もちろんっすよ。悪い子のままで生きられる方法を、自分と一緒に考えましょう」

サラは彼女の乱れてしまった髪を優しく撫でた。

やがてアネットはサラに体重を預けてきた。

少し経《た》つと、小さな寝息が聞こえてくる。瞳も閉じられている。先ほどのグレーテ同様、
彼女もまた体力の限界だったようだ。

リリィとジビアが同時に駆け寄り、大きく息をついた。

「落ち着いた……？　嘘《うそ》……？」

　突然の変化を信じられないのか、ミーネが目を剝《む》いている。

　アネットのことを知らなければ、驚くのは無理もない。落ち着いている分には、天使のように愛らしい少女なのだから。

　もちろん、かなり危ない橋を渡った。一つ間違えればアネットに殺されていた。

　身体が熱い。汗が滝のように流れている。全身に血が激しく回っているようで、心臓の音が大きいのが触らずとも分かる。

　その速い鼓動に突き動かされるように、言葉を紡いでいた。

「――何にもなれなくないっすよ」

「あ？」

「ミーネさん、さっきの言葉、訂正してください。『何にもなれない小間使いども』ってセリフ。自分には、応援してくれる人がいるので」

　唖然《あぜん》としているミーネに視線を向ける。

　だが怒ってはいない。アネットを助けられたのは、ミーネの言動が、ある大切な言葉を思い出させたからだ。

　――『キミ自身が見つけるんだ。スパイとしての理想を、闘い方を、そして生き方を』

尊敬する第二の師匠から授けられた課題だった。

「ようやく自分が目指す、理想のスパイが分かりました」

ミーネから視線をそらさず、ハッキリと口にする。

「『灯』の守護者――自分は、仲間を誰一人死なせないスパイになるんです」

迷いはない。

自分には任務の成功よりも、スパイとしての使命よりも、大切なものがある。

この答えを伝えたら、モニカはどんな顔をするんだろう、と想像しながら、そっとアネットの背中に顔を擦りつける。

◇◇◇

クラウスが待機する部屋に、再びアメリの部下が訪れた。サラたちがアネットを捕まえたことを報告する。無事、病院に連れ戻せたようだ。

「やはり止めてくれたか――極上だ」

アネットを宥《なだ》めたのは、間違いなくサラだろう。言葉の通じない動物と心を通わせる彼女ならば、一握りの勇気さえ出せば、アネットにも対応できるはずだ。

安堵《あんど》していると、アメリが苦虫を噛《か》み潰したような顔をしていた。

「……全て計算の内、という訳ですか」

己の予想を外したことを恥じているらしい。

「いや、そんなはずもない。それにお前の指摘も正しかった」

クラウスは首を横に振った。

「僕は教育者として一度、失敗した。もっとモニカのことを見てやるべきだった」

「……認めるのですね」

「もちろんだ。ただ、全てが間違いだったと認める気もないさ」

部下との接し方に後悔がない訳ではない。未熟さに苛《さいな》まれることもある。

しかし、確かに成長を遂げる少女がいるのも事実なのだ。

「僕の教育者としての真価は、彼女たちが証明してくれる」

ハッキリと言い切ることができた。

彼女たちの教官としての意地はある。未熟なのは重々承知でも、己にできる最善は尽くしてきた。訓練に励んでいた少女たちを誰よりも近くで見てきた。

これから少女たちが示してくれる、己の教育の成果を。

アメリが椅子に座り直している。気を落ち着かせるように身を捩り「しかし」と強い視線をぶつけてくる。

「繰り返すようですが、やはり彼女たちが白蜘蛛を倒すというのは、さすがに——」

「もちろん困難だ。だが、お前の方こそ見落としているんじゃないか？」

不思議そうに瞬《まばた》きをするアメリに、クラウスは言い切る。

「僕もまた白蜘蛛を殺す気でいるよ」

少女たちだけに任せ、呑気《のんき》に待つはずもない。

モニカを、『鳳』を、自分たちの部下を苦しめた報いは必ず受けさせる。

廊下から足音が聞こえてくる。足音に混じり、ジャラジャラと宝石が擦れるような音を感じながら、扉に視線を向ける。

「お前たちＣＩＭも同じはずだ。王族を殺した黒幕を仕留める気だろう？」

扉の向こうから返事がきた。

「無論だ……我々ＣＩＭも『蛇』を許す気は毛頭ない」

部屋の前でアメリの部下が狼狽《ろうばい》する声が聞こえた後、扉が開かれる。

アメリが「……ネイサン様っ！」と慌てて姿勢を正した。

予定より大分、早い到着だった。

全身に装飾品をつけた、三十代半ばの男だ。脚の付け根まで伸びた長髪と、両腕を埋め尽くすほどにつけられた腕輪が異様な雰囲気を放っている。大きな宝石でびっしりと覆われた腕輪は、本人が揺れるたびに耳障《みみざわ》りな音を立てていた。

「……こうやって会うのは久しぶりだね、ロン」

世界最高峰の諜報《ちょうほう》機関ＣＩＭの頂点に君臨する最高機関『ハイド』——その一角。

——『呪師《のろいし》』のネイサン。

「あぁ、雅《みやび》なり……」

出世していたとは知らなかった。

「アレは当時の偽名だ。普段はクラウスという名を用いている」

クラウスが声をかけると、アメリが目を丸くした。

「ネイサン様、燎火と知り合いなのですか？」

「……かつて任務で知り合った関係だよ。もう四年前か」ネイサンが、じゃらりと腕輪を鳴らす。「彼が今より暴力的で美しかった時だ」

「今も十分、暴力的ですわ」

「いいや、昔の方が、手をつけられなかった……神から遣わされた、聖獣が如《ごと》く」

四年前、師匠のギードと活動していた時代、CIMの諜報部隊と同じターゲットを巡って争った。ネイサンと『焰《ほむら》』は元々世界大戦時代に共闘したこともあり和解に至った。

「クラウス、『紅炉《こうろ》』のことは残念だったな。彼女とは何度か対面したことがあるよ。その度に魔法のような美しい手腕に、惚《ほ》れ惚《ぼ》れしたものだが……」

「今は思い出話に話を咲かせている場合じゃない」

クラウスが首を横に振ると、ネイサンは「そうだな」と小さく口《くち》の端《は》を曲げた。

ようやく最高幹部と直接話し合える機会を得た。

「アメリ」ネイサンが言う。「すまないが、退室してくれないか?」

「……ええ、分かりましたわ」

「お前には苦労をかける。だが、例の件に取り掛かってほしい」

一瞬アメリは会議に立ち会えないことに微かな不満を示したが、すぐに思い直したように素早く去っていった。

ここからは最高機密の話し合いとなる。時には部下さえ騙《だま》さねばならない程の。

扉が閉じられた瞬間、ネイサンは口を開いた。

「さて、キミのことだ。既に策は用意しているんだろう……？」

「二つ用意した」

クラウスは即答する。

「『一切の無駄がなく実現も容易《たやす》い、最高の作戦』、『リスクとコストしかなく実現困難な、最悪の作戦』――どっちから話せばいい？」

ネイサンが腕輪を鳴らしながら「雅なり」と微笑を浮かべた。

◇◇◇

サラたちはアネットを病院まで届けていた。

これ以上騒動を大きくできないので、救急車は呼べない。できるだけ人の少ない裏道を辿《たど》って、眠ってしまった問題児《アネット》を移送する。

ＣＩＭ側への連絡はミーネが担《にな》ってくれた。

途中アネットを背負うジビアがぽつりと呟いた。

「でも、よかったのか？」

「え？」隣を歩いていたサラが反応する。

「アネットにあんなこと言って。ちょっと危ないような……」

先ほどのサラの発言を危惧しているらしい。

──変わらなくていい。悪人でも受け入れる。

サラはアネットの不安を認めることで、彼女の激情を宥めることに成功した。

が、今思えば、確かに危ない発言だったかもしれない。

「い、勢いでトンデモナイことを言ってしまった気がするっす……！」

「勢いだったのかよ⁉」

「あの時はアネット先輩を落ち着かせるのに必死で……！」

サラは頷《うなず》いた。

「で、でも大丈夫と思うっすよ」

そう答え、頭上を飛んでいる鷹《たか》を自身の帽子に止まらせた。

帽子を脱ぎ、鷹の羽を撫《な》でた。彼女の一番の相棒、バーナードだ。

「バーナード氏もこう見えて結構、悪い子っすよ。本気で怒った時は自分が止めても人を攻撃する時もあります。それでも立派な自分の相棒です」

サラは次にアネットの背中を撫でる。

「だからアネット先輩とも上手にやれる方法はあるっすよ。本人が望んでくれるなら」

「動物と同じ扱いかよ……けど、そうだな。それがお前の強さだ」

ジビアは納得したように頷き、サラの頭を優しく叩《たた》いてくれる。

「いい目標じゃん、『灯』の守護者――お前ならなれるよ」

「はい、頑張るっす……！」

宣言したものの、面と向かって言われると面映《おもは》ゆい。

ジビアとサラが笑い合っていると、その後ろでリリィが首を捻《ひね》った。

「そういえば大きな疑問が残っていますね」

彼女は不思議そうにアネットを見つめる。

「アネットちゃんはどう病室を脱走したんですかね？　拘束されていたんですよね？」

「もちろんですっ、アハハッ！」

最後尾で目を光らせていたミーネが声をあげた。

「なに、一件落着みたいなムードでいやがるんですかっ？　アタイらの監視を振り切って、脱走なんて大問題ですよ！　え？　落とし前はどうつけるつもりですっ？」

笑顔は変わらないまま、目だけはキレていた。

「やっぱりテメーらも全員、監禁しておくべきですね！」

嘲笑《あざわら》うように睨《にら》みつけてくる。

途端に現実へ引き戻された心地だ。

——状況は何も変わっていない。

白蜘蛛の行方は一切不明。そして彼は寝返り工作に長《た》けている疑いがある。だが、警戒しようにも、CIMは自分たちの自由を許さない。

——力が足りていない。

しかも、ミーネは更に自分たちの行動を制限しようとしてくる。ぐいぐいとジビアに近づき、彼女に背負われたアネットを無遠慮に揺らした。

「おらおら、まずは吐けっ！　どうやって病室を脱走したっ？　吐きやがれっ！」

ジビアが顔をしかめ「おい、起きるだろ」と飛びのいた。

身体《からだ》が揺り動いたことで、アネットは起きてしまったらしい。「んあ……？」と呟《つぶや》き、不機嫌な眼《め》でミーネを睨む。

うわ言のように言葉が漏れた。

「……『鳳』の仮面野郎が、俺様の脱走を手助けしてくれました」

「「「え……」」」

思わぬ答えが届き、サラたちは目を見開く。

◆◆◆　◆◆◆　◆◆◆

『凱風《がいふう》』のクノーはアネットの病室に立っていた。

白い仮面をつけた巨軀《きょく》の男。寡黙ではあるが確かな工作技術を有する彼は、『鳳』のメンバー。任務では主に破壊工作や暗殺を担い、陰ながらチームを支えている。

アネットの役割と近いスパイだった。

病室に忍び込んだ彼は、ベッドの上にいるアネットを静かに見つめる。

アネットは苦悶《くもん》していた。込み上げる憤怒《ふんぬ》をぶつける対象を求め、暴れていた。彼女を縛る鎖が音を鳴らしている。拘束は解けない。悲鳴を上げ、横たわる。目を閉じ休息に努めても、脳裏に己を破壊したモニカの姿が思い浮かぶのか、再度激昂《げきこう》する。

「………………是《ぜ》」

クノーはその痛々しい姿を静かに見守っていた。

「……囚《とら》われた、血族よ。激情に荒れ狂い、全てを破壊し尽くしたいか……？」

彼はアネットの腕を拘束する鎖に触れた。

小さく頷き、ポケットから鉄片を取り出し、彼女の枕元に置いた。

「……行くといい」クノーは寂し気に呟いた。「これもお前が変わるための儀式だ……」

◆◆◆　◆◆◆　◆◆◆

「『凰』……？」

サラたちは目を剝《む》き、固まっていた。

――『凱風』のクノーがアネットを助けた。

彼女の言葉をそのまま捉えるなら、そういう意味になる。

が、あり得ない事実だ。彼は死んでいる。『ベリアス』の襲撃を受け、命を散らした。

案の定ミーネが噴き出した。

「そんな訳ないでしょう！　アハハッ。『凰』が『浮雲』を除き死亡しているのは、我々も知っています……あ、テメー、寝んなやっ！　こら！」

アネットは力尽きたのか、再び眠りについた。騒ぎ立てるミーネに耳を貸すことなく、心地よさそうにジビアの背中にしがみついている。

――アネットのことだ。適当な発言をしているのだろう。

――あるいは騒がしいミーネを困らせるための嫌がらせ。

そう捉えるのが適切だ。というより間違いない。もう『鳳』のメンバーが亡《な》くなっているのは、『灯』が受け入れざるを得なかった真実だ。

だが、その妄言はサラにあるヒントを授けてくれた。

脳裏に浮かんだのは、ある伝説上の生物。

「………不死鳥」

「ん?」リリィが首を傾《かし》げる。

「陽炎《かげろう》パレスの壁面に描いたじゃないですか……『灯』と『鳳』の証《あかし》って……」

もう一か月も前になる。

『鳳』と『灯』が交流した蜜月の最終夜――朝まで騒いだメンバーは、全員で勢いのままに陽炎パレスの壁面に大きな絵を描いた。

――火の鳥。

誰かが言い出した。『灯』と『鳳』の連帯の象徴。

伝説上の不死の鳥。誰も死なないよう願いを込めて描いた。だが厳密に言えば、火の鳥は不死ではない。寿命の寸前で燃え上がる炎に自ら飛び込んで蘇《よみがえ》る、というのが伝説だ。

火の鳥は――生き返る鳥なのだ。

「……そうっすよ。だって、これは『灯』と『鳳』の……最初で最後の合同任務なんですから……力が足りないなら、彼らの力を借りればいいんです……！」

幸いミーネの注意は、アネットを背負ったジビアが引き付けている。

彼女には聞かれないよう、リリィに告げる。

「『鳳』を、蘇らせましょう」

それこそが白蜘蛛を打倒するための策。

非力な自分たちを支えてくれるのは、彼らしかいない。

ならば頼ろう。

たとえそれが、もう二度と言葉を交わせない、死に別れた同胞だとしても。

2章 白蜘蛛《しろぐも》

CIMでは、ダリン皇太子の葬儀に向けた準備が着々と進められていた。

この葬儀は国内外に向けたアピールの場だ。

皇太子を殺した下手人の逮捕に時間を要し、国内では十日以上動乱が続いた。政府ならびに警察や諜報《ちょうほう》機関に対する国民の不信感は依然として残っている。

国内外にフェンド連邦は盤石《ばんじゃく》だと示す必要があった。

ムザイア合衆国に経済力で抜かれ、フェンド連邦の国際的な地位は低下している。

王室はフェンド連邦が合衆国に勝る、誇りの一つだ。ライボルト女王は、歴史あるフェンド王国を祖とし、王国が支配下に置いた十四か国の連合体――フェンド連邦の長《おさ》。その威信を改めて知らしめる必要がある。

世界各国から王族や国家元首、ファーストレディ、国務長官などが集う場だ。シャリンダー寺院での礼拝には、二千人以上の国賓が参列する。また宮殿から寺院へ遺体を移動する際は、王族が葬列を成し、二時間以上市中を巡り歩く予定となっていた。

式典中、テロや暴動があってはならない。反政府思想の持ち主は厳しく取り締まり、未然に防いでおく必要がある。

総力をあげて式典の備えを進めていた。

その中で、特務機関『ベリアス』の長であるアメリにはある密命が言い渡されていた。

◇◇◇

ＣＩＭ本部地下の尋問室にて、アメリはその人物を改めて観察していた。

間近で見れば見るほど、信じられなくなる。

年齢は二十歳《はたち》を超えていないだろう。少女と言えるような顔つきだ。背丈は高く、すらっとした体格。両肩から肘にかけて伸びる、ヒビ割れたような傷跡が、半袖の囚人服から露出している。

微《かす》かに笑っている。ギザついた歯が見え隠れしていた。

――『魔術師』のミレナ。

ＣＩＭの最高機関『ハイド』の一員。慣習から配属された、第三王女の次女。

そして、彼女には別の名もあるという。

──『翠蝶《みどりちょう》』

モニカに小刀で斬りつけられ、しばらく意識不明の重体だったが、ようやく会話ができる状態まで回復した。

彼女は『蛇《へび》』に与《くみ》していたという。その情報はモニカからクラウスへ、クラウスからアメリへ報告された。受け入れがたい話であったが、事実を裏付ける状況証拠は多い。

──『ハイド』に裏切者《うらぎりもの》が潜んでいた。

そんなCIMの根幹を揺るがしかねない事実を知るのは、『ベリアス』の一部と、『ハイド』のメンバーのみ。彼女への尋問は、ネイサンの指示で秘密裏に決行された。

立ち合いはアメリ一人だけだった。

「それでは始めますわ、ミレナ様──いえ、もう『翠蝶』という名前ですわね」

二人きりの地下室で机を挟んで向かい合う。

「全てを話していただきますわ。アナタがなぜ祖国を裏切ったのか、その全てを」

「…………………………」

相手はしばらく口を開かなかった。

こちらを推し量るような視線を送り、浅い呼吸を続けている。

「……ここから出しなさい。『ハイド』であるワタシに歯向かう気？」

「アナタはもう『ハイド』ではありませんわ」

脅迫は相手にしない。

「仮にアナタが裏切者でないとしましょう。だが我々は、ダリン皇太子殿下の暗殺を防げず、『焼尽《しょうじん》』の暴走を許し、多くの構成員が負傷している。全てアナタがもたらした情報――『鳳《おおとり》』というスパイチームが殿下の暗殺を企《たくら》んでいる、というデマが発端です」

「……っ」

「我々は常に正しく間違えない――アナタはもうCIMに不要な人材なのです」

モニカは最終的に五十人以上の諜報員に重軽傷を負わせている。死者は出なかったが、この失態は誰かが責任を取らねばならない。

――モニカは彼女を完膚なきまでに破滅させたのだ。

あひゃ、と耳障《みみざわ》りな声が聞こえてきた。

「あーそうかー、そうかー、そういうことねぇー。腹立つねー、衆愚共が」

煽《あお》るような嗜虐《しぎゃく》的な笑みを浮かべていた。

ただならない雰囲気に、アメリは微かに息を呑《の》む。

「……それが本来のアナタの口調ですか？」

「ホントさぁ、残念。アンタら、使えなさすぎ。『ベリアス』が『鳳』を全員殺していれば、話は終わりだった。『灯《ともしび》』に完封されなきゃ、まだマシだった。挙句の果てに百人以上でモニカちゃん一人囲ったのに、ボロボロになってるってバッカじゃないの？」

へらへらと肩を竦《すく》め、嘲笑を続ける。

「アンタらがザコすぎて、ミィが負けちゃったぁ」

アメリは拳を振るった。机から身を乗り出し、頬めがけて強く。

負傷した翠蝶に拳を避けられるはずもなかった。

「ここは尋問室ですわ。好き勝手な発言をする場ではない。身の程を知れ、愚小娘《シリーガール》」

後方に強く吹っ飛んだ翠蝶は這《は》いつくばった姿勢で舌打ちをする。

「……っ。やってくれるじゃん」

「アナタの経歴は洗っていますわ」

アメリは立ち上がり、這いつくばる翠蝶をブーツで蹴りあげる。一言一言言い終えるたびに、ブーツに包まれた足を彼女の身体にめがけて叩《たた》きこむ。

「本名は、リュールス。第三王女の次女として生まれたアナタですが、フェンド連邦では、王族から一人、諜報機関の最高幹部に任命するのが習わしでした。存在を抹消され、スパイとしてのエリート教育を受けた。三十年の勤務期間が終えるまで自由はなく、過酷な宿命です。それでもアナタは国のために尽力した」

全身に隈《くま》なく痣《あざ》を作り終えたところで、一度蹴りを止める。

「ダリン殿下とも仲が良かったそうですわね」

「……ええ」苦し気に翠蝶が言った。「まぁねー、ダリンおじさん、って感じ？」

その時代、『ハイド』も彼女をかなり重宝したに違いない。

王室が「白」と言えば、全てが白に染まるような国なのだ。王族は究極の影響力。王族と諜報機関との橋渡しを担《にな》ってくれた彼女には大いに助けられただろう。

だが、その日々は突然、崩壊する。

「アナタはダリン皇太子殿下の『秘密』に辿《たど》り着いたのですね？」

「…………」

「それは祖国を売り、ガルガド帝国に寝返る程の禁忌だった――違いますか？」

憶測の域を超えないが、断定しておく。

虚勢が功を奏したのか、翠蝶が微かに反応した。

「なんだぁ」目が開かれる。「ちょっとは分かってんじゃん。あひゃひゃ、王様のことはちっとも疑えない、頭が固い女だと思っていたわぁ」

「……」

元々のアメリはそうだった。王族を信望し、ただ忠実に『ハイド』のために尽くした。

だがクラウスに告げられた――『全てを疑い直せ』

その言葉を鵜呑《うの》みにした訳ではないが、『灯』との敗北や『翠蝶』の存在は、これまでアメリが築き上げた価値観を揺るがした。悶《もだ》えるような悔恨と共に。

翠蝶は震える腕を支えにし、荒い呼吸をしながら、ゆっくりと立ち上がる。

目を見張る。

アメリは、指一本動かせなくなる程彼女を痛めつけたはずだ。これまで百人以上のスパイを尋問してきて、起き上がれた者はいない。

「分かち合いたい……！」

彼女の唇が苦し気に動いた。

「禁忌――ええ、そうよ。知ったのは、あってはならない真実だった。なのに誰も信じない。信じてくれるはずがない。あの男は手を染めていたのに。《暁闇計画《ノスタルジア・プロジェクト》》に手を貸そうとした……！　許されなかった。絶望した……そんなものは許されないから！」

最初はぼそぼそとした声だったのに、後半にかけて徐々に熱を帯びていく。

やがて翠蝶は二本の脚で立ち、こちらに強い視線を向けてきた。

「モニカちゃんなら、分かち合えると思ったのになぁ。ミィの最高のパートナーとして」

「……《暁闇計画《ノスタルジア・プロジェクト》》とはなんでしょう？」

聞き覚えのない言葉だった。

翠蝶は血が混ざった唾を吐き、おかしそうに口を緩めた。

「本当に知りたいのぉ？　知ってしまったら、もう戻れないのにぃ？」

「…………」

あまりに素直すぎる、と疑問に思う。

翠蝶の態度は鼻につく部分があるが、十分に会話は成立している。《暁闇計画《ノスタルジア・プロジェクト》》と
いう未知の情報をあっさりと吐いてくれた。

不穏な予感はするが、引く訳にはいかなかった。

アメリは「誰かの傀儡《かいらい》になるのは、もうやめましたわ」と答えた。

「全てを疑い、全てを知り、ワタクシはワタクシの判断で、この国の繁栄に尽くしたいの
です。教えてください。ダリン殿下は一体どんな過ちを犯していたのですか？」

「マシな目をするようになったじゃん」

翠蝶はギザついた歯を見せ、足をふらつかせながら椅子に戻っていった。

アメリもまた机の前に戻り、彼女と向き合う。

「それを教えるには、あの男について語らなきゃいけないわね」

「男？」

「二年前、ミィは出会ったのよ。絶望の淵《ふち》で、あのゲス野郎と」

翠蝶はこちらの反応を楽しむように告げてくる。

「白蜘蛛――奴こそが実質『蛇』を作り上げた男だよ」

◇◇◇

翠蝶の尋問が始まった頃、白蜘蛛は隠れ家でタイプライターと向き合っていた。

恐ろしい事実が発覚したのだ。

――件《くだん》の小説家が締め切りを破っていた。

コカイン依存症の小説家ディエゴ＝クルーガーが契約する出版社から、原稿の催促が来たのだ。『今すぐ送らないと、家まで向かうぞ』と電報が届いていた。

締め切りは大幅に過ぎていた。

第三者に家に来られるのは、白蜘蛛にとって都合が悪い。だが肝心のディエゴは薬物が見せる夢に浸ったまま、一文たりとも原稿を進めていない。黒蟷螂《くろかまきり》は外出中。

白蜘蛛が原稿を打ちこむ以外なかった。

「正気かよ⁉　普通、この局面で小説家の真似事《まねごと》をするのかぁ⁉　こちとら王族をぶっ殺した、マジもんのテロリストなんですけど⁉」

自分にツッコミを入れる白蜘蛛。

「ありえねえええええええええええええっ‼」

だが喚《わめ》き散らしても、声が虚《むな》しく反響するだけだ。

そうしている間にも、出版社から電話がかかってくる。

《クルーガー先生！　原稿はどうなってますかっ⁉　今すぐ家に行きますよ！》

「もしもし、私は先生のアシスタントです。今、先生は鋭意執筆中。邪魔したら殺すぞ」

取った受話器をすぐに置き、白蜘蛛は溜《た》め息をついた。

（……なんにせよ、書くしかねえか）

古今東西、ストーリーに行き詰まった小説家の最終手段は決まっている。

恥も外聞も気にしない。自分自身の生涯を切り売りすることだった。

◇◇◇

かつての白蜘蛛は、ガルガド帝国陸軍所属の軍人だった。

敗戦の影響でロクな職がなかったという理由で陸軍に所属し、訓練も熱心には励まなかった。世界大戦以降、連合国との講和条約の結果、ガルガド帝国は軍備が制限されていた。陸軍自体が敗戦のせいで国民からの批難に晒《さら》されていた。

狙撃銃での遠距離射撃が得意という事実が判明したが、もう戦争は一人の狙撃手が戦況を大きく左右させる時代でもない。大した評価はされなかった。

やがて上級将校と騒動を起こし、面倒になって退役を願い出る。

――二十歳《はたち》の無職時代。

彼の人生でもっとも自由を謳歌《おうか》していた時期だった。

毎日の楽しみは、安価な瓶ビールを買い、夜の都営公園であおむけに寝ること。整備の行き届いていない芝生の上で、空を見上げることが好きだった。

（多分、今、俺がいるのは世界でもっとも弱い国だ……）

夜風に身を晒し、首都に立ち並ぶ尖塔《せんとう》を見上げる。

（調子こいて、フェンド連邦とライラット王国に喧嘩《けんか》売って、ものの見事に返り討ちに遭った世界の悪役……植民地は大部分放棄させられ、名ばかりの『帝国』を冠して……国家予算の何十倍もの賠償金を払う羽目になった、負け犬の国……）

ガルガド帝国の首都は、治安がいいとは言えない。

富裕層は復興バブルで財を成し、ミュージカルやコンサートに興じている。その一方で、貧困層は夜な夜な街をうろつき、狂犬のような目つきでカモを探している。

夜の公園に集まるのは、金と酒、クスリと性。

金持ちも貧乏人も混ざり合う首都の光景は、敗戦の傷を慰め合っているように見えた。

——彼は弱さを愛していた。

——小銭以外何も持たないまま、ぼんやりと空を見上げる時間が好きだった。

喧嘩が起きれば、弱い方を味方した。女を殴っている男がいれば、躊躇《ちゅうちょ》なく蹴り飛ばした。職場で困っていると愚痴を吐く者がいれば、解決に手を貸した。正しく恐れ、正しく見下す——そんな己の信条に従い、卑怯な立ち回りでトラブルを対処し続けた。

そうして小金をせびり、路上生活に等しい日々を送っていた。

世界中どこにでもいる、ダメな青年だった。


「奇遇だな。わたしも弱い者が好きだ」

ある夜、その中年男は酒瓶を握りしめて現れた。

くたびれたおっさん、というのが印象だ。アルコール度数の高い酒瓶をちびちびと傾けている。ところどころ破れている、薄汚れたジャケットを羽織っていた。不健康に腹が出て、白髪交じりの髪は櫛《くし》を通した跡もない。

寝転んでいると隣にやってきて、酒を酌《く》み交わすうちに盛り上がった。

「おー、気が合うじゃん。おっさん」と手を叩《たた》く。

男は嬉《うれ》しそうだった。

右手を口に当て「ほっほーっ！」と叫ぶ。嬉しいと喚くタイプの酔っ払いらしい。

「だが、時に青年はなぜ弱い者が好きなんだい？」

男は酒瓶を傾けて口にする。

「好きの理由なんざ、興味ねぇなぁ」寝転んだまま、口《くち》の端《は》を曲げた。「男がでかい尻の女に惹《ひ》かれる訳をいちいち考えねぇだろ」

「なんとなくでいいとも」

「じゃ、強い奴《やつ》は偉そうで気に食わないから」

「随分と小物じみたセリフだ」

「けどよぉ、事実だろ？　俺たちちんとこの軍人がどれだけ、他国の人間を殺したよ？　で、連合国の軍人がどれだけ俺たちの国民を殺したよ？」

「……それが腹立つ、と？」

「世界中の国が全員等しく弱ければ、戦争なんざ起きねぇよ。ビール瓶を片手にシコってりゃ、誰も殺さないで済む」

「まったくだ」

適当な問答を交わしていると、男はまた「ほっほー!」と脈絡なく叫んだ。

耳を小指で塞ぎながら笑う。こうした、どこの誰とも分からない人間との無為な会話も、
好きな時間の潰し方だった。

するとと男は思わぬことを告げてきた。

「——首都最弱のトラブルバスター」

「あ?」

「それが君の通り名なんだろう? 小金程度の報酬しか受け取らず、人脈も財産も住居も
持たず、失うものがない狂犬。随分と風変わりな青年じゃないか」

瞬《まばた》きをした。

相手は一方的に自身を知っていたらしい。気を悪くはしなかった。酔っていた。

男は強く肩を叩いてくる。

「うちのボスが気に入った。ほっほーっ。ぜひ紹介させてくれ」

彼は嬉しそうに酒瓶を持ち上げた。

「──君が愛する世界が蹂躙《じゅうりん》されようとしている。共に世界を救おうじゃないか」

そして知らされる。

腹が出た酔っ払いの中年男は──『藍蝗《あいいなご》』と名乗っているらしい。

◇◇◇

アルコールで頭が回らなかった。藍蝗の話を面白半分に受け止めていた。

陽気な中年酔っ払いは「我々は『蛇』という機関だ」「世界を股にかけるスパイだ」などと酒臭い息と共に喚き、時々「ほっほー！」と夜空に吠《ほ》える。

こんな与太話を真に受けられるはずもない。

彼に「ついてこい」と促され、夜の街を歩いていった。どんな場所に連れていかれるのか、と期待していた。

──ガルガド帝国の防衛省だった。

嘘《うそ》だろ、と思った。

建物は消灯していた。藍蝗は平然と「政務官に頼んで、人払いしてもらった」と口にする。裏口から合鍵で進入し、慣れた様子で更衣室に入っていくと、ロッカーからジャケットを取り出し、ボロボロの上着を脱ぎ棄《す》てた。

さすがに頭が冷えてくる。

「紹介しよう」藍蝗の声が途端に引き締まった。「あの方が『蛇』のボスだ」

防衛省の応接室に、その人物が待ち構えていた。

視線を合わせただけで、全身の血の気が引いていき、無意識のうちに呼吸を止めていた。『見てはいけないもの』と受け止めてしまう。人生で初めての経験だった。

威圧感のある、静かな目をこちらに向け続けている。

全ての説明は、藍蝗が行ってくれた。

途端に真面目な口調になった彼から「《暁闇計画《ノスタルジア・プロジェクト》》という計画が秘密裏に進められていること」「『蛇』はそれを阻止する諜報《ちょうほう》機関であること」「従来のガルガド帝国の諜報機関とは独立した機関であること」などが説明された。

到底信じられる内容ではなかった。

戸惑っていると、『蛇』のボスが口を開いた。

「《暁闇計画《ノスタルジア・プロジェクト》》の目的は」ざらついた声だった。「世界から弱者を駆逐することだよ」

たった一言だけ発せられ、再び藍蝗が説明を続けた。

彼は証拠を見せてくれた。写真やボイスレコーダーなどで事実は裏付けされていた。

語られた計画は聞いただけで肝が冷える内容だった。少なく見積もっても、数百万人の人間が亡《な》くなる。人類史の禁忌。本能的に阻止せねばならないと感じる。

自分が愛する世界を蹂躙される、という言葉に偽りはない。

だが計画を阻止する難易度もすぐに理解できた。

まず世界各国の権力者に働きかける必要がある。だが、そんな真似《まね》をすれば、他の諜報機関と対立する羽目になるだろう。

「ちょ、ちょっと待ってくれ！　言いたいことは分かった！　疑わない！」

「おー、信じてくれるか。やはり利口だな。突飛な話だと切り捨てるとばかり――」

「あぁどうも。でも一個、意味が分かんねぇ問題があるだろ」

「んん？」

「――俺に何をさせる気だ？」

唾を飛ばしながら喚いた。

話のスケールに圧倒されていた。膝が震えっぱなしだった。

「意味が分かんねぇ。『蛇』とやらは世界を転覆させるための機関なんだろう？　そんな大層なチームで、俺ごときが何を――」

「メンバーの勧誘だ」藍蝗が言う。

「あ？」

「キミにはその才能がある、とボスが見抜いた」

恥じる様子なく彼は告げる。

「現状、『蛇』のメンバーは二人。ボスとわたしだけなんだ」

「は…………………………？」

口を開けたまま、動けなかった。

驚いた自分を見て、彼らは自嘲するように肩を竦《すく》めている。

次の瞬間には身体《からだ》の底から、揺れるようなおかしさが込み上げてきた。目の前の二人に構うことなく、腹を抱えて笑い出す。

「あっはっはあっ、あははははっ！　マジ⁉　マジなの⁉　お前ら⁉　たった二人で世界の名だたる諜報機関に立ち向かおうとしてんの⁉　どこに勝算を見出《みいだ》してんだよ⁉」

「否定できないな」藍蝗が肩を竦める。

「気にいったよ、ボス。そして、藍蝗のおっさん。俺は弱いもんの味方だぜ？」

目尻を拭きながら口にする。

「マジで世界最弱の諜報機関なんじゃねーか、『蛇』」


いずれ『蛇』は「謎多き諜報機関」と世界各国から衝撃をもって受け入れられる。

従来のガルガド帝国とは異なる、情報がない強大な機関が現れた、と。

しかし、その評価と実態は大きく異なる。

三人の人間が、それこそ起業でもするように立ち上げた、小さな諜報機関というだけだ。

そこらの探偵事務所にも人数は劣る。ゆえに正体不明。

──たった三人の人間で、世界に立ち向かう機関だった。

◇◇◇

『蛇』のボスは『白蜘蛛』という名を与え、藍蝗がスパイの手解《てほど》きをしてくれた。

彼らは白蜘蛛にある才能を見出していたという。

——人の弱さを愛する力。

貧乏人と肩を組み「俺も金がねぇ」と恥ずかしげもなく笑えること、失恋した者に「俺も恋人がほしい！」と嘆けること、職場の人間関係で頭を抱える者に「わかるわー」と本心で頷《うなず》いてやれること。

話さずとも相手の弱みが分かり、本心から共感する天性の気質が彼には備わっていた。

「スパイの逸材を集めるというより、気の合う呑《の》み仲間を見つけるつもりでいい。そっちの方がキミの性に合うだろう」とは藍蝗の談。

そんなもんかね、と頭を掻《か》きながら、形だけ同意する。

「でもよぉ、藍蝗のおっさん。俺の気の合う奴っていうと、多分、ダメな奴しか集まらねえぜ？　組織で孤立する変態とか」

「それでいい」藍蝗は大きく頷いた。「むしろ、その方がいいんだ」

やがて白蜘蛛は数年をかけ、各国の諜報機関に接触して人材を探した。

見込み通り、それは『蛇』に大きな力をもたらすことになる。

ムザイア合衆国諜報機関『JJJ』より——『窮奇《きゅうき》』改め『黒蟷螂《くろかまきり》』

まずはガルガド帝国を訪れていたスパイに目を付けた。

帝国の防諜《ぼうちょう》機関『幽谷《ゆうこく》』からもずっと認知されていた男だ。任務よりも己の義手を改造することに熱心で、祖国から届く資金を横領して部品を買っている。時折思い出したように、本国に偽《にせ》の報告書を送り付け、更に『資金を寄越せ。今が佳境だ』と要求する。己の義手に対する異常な執着を、白蜘蛛は大きく気に入った。

「アンタ――本当は英雄になりたいんだろ？」

彼のアジトを訪問し、白蜘蛛は声をかけた。

「けど、大した任務もねぇから、仲間を騙《だま》して燻《くすぶ》ってる。ダッセェな」

「なんだ？　貴様は？」彼は殺気を孕《はら》んだ視線をぶつけてくる。

白蜘蛛は肩を竦めた。

「お前よりカッコ悪い男だよ」

数度言葉を交わしただけで、警戒を解くことができた。《暁闇計画《ノスタルジア・プロジェクト》》について語ってみせると、彼は『蛇』に寝返ることを決めた。

フードを外さない長身の男は、三本の右腕を軽々と振るってみせる。

「……あぁ、やはり我の潜在能力を見抜く者が出たか。これも運命か」

ビュマル王国諜報機関『カース』より――『飼育員《しいくいん》』改め『銀蟬《ぎんぜみ》』

次に白蜘蛛と同年代の女性スパイを見つけた。

元々、自国の諜報機関に不信感を持っていた。肥えた政治家共の機嫌を取るためだけに動かされることに絶望している。命を懸けられる程、政府を信頼していない。仲間の誰にもバレないよう隠していても、白蜘蛛には伝わった。

「分かる。俺はなぁ、クソな政治家の車にガムをつけんのが朝のルーチンなんだよ」

ある政治家の別荘の前で勧誘する。

彼女はとにかく迷いがなかった。判断が早い。すぐに『蛇』に寝返る旨《むね》を伝えていた。

「貴公は恩人だ。これほど話が分かる朋友《ほうゆう》も存在しない。ぜひ忠誠を誓わせてくれ」

ヘアバンドで髪を飾り立てた女性は、護衛していた政治家を暗殺した後に宣言する。

「この銀蟬！　祖国に泥を塗り、世界中のウジ虫共を駆除してみせよう！」

ライラット王国諜報機関『創世軍《そうせいぐん》』より――『ディモス』改め『紫蟻《むらさきあり》』

白蜘蛛が彼と知り合えたのは僥倖《ぎょうこう》だった。ムザイア合衆国で襲われ、気に入られた。

もっとも彼の「気に入る」とは「遺言を聞きたい」という意味だ。すぐには殺さず、甚振《いたぶ》った後に殺すという段取りに変わるだけ。

拘束された白蜘蛛へ楽し気にスタンガンを向ける、柔和《にゅうわ》な顔立ちの細めの男。

彼から察せられたのは身の毛がよだつ程の暴力衝動だった。悍《おぞ》ましすぎる力を、何か別の力に抑えられているような。

勧誘には長い時間を要した。

「オレは興味ないですねぇ。もちろん、西央諸国が戦火に苦しんでいた間、のうのうと人生を謳歌《おうか》していた合衆国の連中は気に食いませんが」

「アンタ、見たところ、既に何人かの奴隷を作っているようだな」

白蜘蛛は挑発的に唇を緩めた。

「でも、本当はもっと暴れたいんじゃないか？　『ニケ』の命令で控えてるのか？」

出した名は、世界的に有名なスパイだった。

——ライラット王国最強の防諜屋『ニケ』

界隈《かいわい》では知らない者などいない伝説の工作員。彼女が紫蟻を監視していると、すぐに察した。『ニケ』でもなければ、目の前の怪物を抑えつけられるはずがない。

「本能を曝《さら》け出せよ。全部をぶっ壊したい衝動、俺なら理解してやれる」

目の前の恐ろしい存在に、怯《ひる》まずに言葉をぶつけ続ける。

やがて紫蟻は承諾した。

「……そうですね。ミータリオで王として君臨するのも、多分悪くないでしょうね」

かくして二年の年月をかけ、『蛇』のメンバーを集めていった。

それまで無職だった青年にしては、破格すぎる成果。奇跡のような功績に近い。だが、それらの活動がある存在を呼び寄せていたことに、白蜘蛛は気づけなかった。

そして『蛇』にとって――大きな転換点となる男と遭遇することになる。

◇◇◇

初めて『蛇』のメンバーが一堂に会する日が訪れた。

各メンバーと密《ひそ》かに連絡を取り合い、藍蝗とボスに紹介する手筈《てはず》を整えた。細かい連絡、密入国の手続き、各課報《ちょうほう》機関を欺く工作は全て白蜘蛛一人が担《にな》い、準備を進めた。一人一人日程をズラすよりも、一気に集めた方が効率的と考えたのだ。

――そんな致命的なミスを犯していた。

そもそも諜報機関のメンバーを一度に集める必要などない。

藍蝗が事前に聞いていたなら確実に止めていたはずだ。しかし度重なる勧誘の成功に自惚《うぬ》れ、また疲労で判断力を低下させていた白蜘蛛はそんな愚策を採用した。

中立国に彼らは集った。帝国からそう離れていない、山国だ。

白蜘蛛は当日、奔走を繰り返していた。

昼間は飛行場に向かい、紫蟻を出迎えた。

「うん、蜘蛛《くも》くん。よろしい。王はしっかり出迎えるものですよ」

航空機から降りてくる彼は、十人の人間を奴隷として引き連れていた。

「褒美《ほうび》として罰を与えましょう――三回殺す」

「どういう意味だよ⁉」

夕方には黒蟷螂から参加を嫌がる電話が来た。

《占い師に我の運勢が悪いと言われた。引退の時期かもしれない》

「いいから早く来いっ‼」

夜になると、駅近くの路地で合流した銀蟬から問題行動を知らされた。

「白蜘蛛殿！　昨晩、カジノで活動費用を全額巻き上げられたのだが――」

「貸してやる！」

とにかくメンバーに振り回されていた。

（もしかして『蛇』で一番立場が弱いの俺……？）

古参であるはずなのに、散々な扱いだった。

大分納得いかない気持ちを抱えながら、事を進める。

ボスと藍蝗はこの国の離島で別荘に身を潜ませているという。詳細は知らされていないが、ボスは常に居場所を変えねばならない事情があるらしい。

――『白蜘蛛』『黒蟷螂』『銀蟬』『紫蟻』

四人が港まで辿《たど》り着いた時、ようやく白蜘蛛は己の失策を自覚できた。


「おーおー？　なんだか愉快な連中が集まってんな」

待ち伏せをされていた。

紺色のジャケットを羽織る、飄々《ひょうひょう》とした笑みの男が乗り込もうとした船に座っていた。肩にはスパイとして似つかわしくない、一振りの刀が掛けられている。威厳のある顎鬚《あごひげ》を生やしているが、口元に浮かべる愉快めいた笑みのせいで軽薄な印象を抱かせる。

「『窮奇』『飼育員』『デイモス』か……目のつけ所は悪くねぇな。既にオレんとこのボスが目をつけていたスパイを集めるたぁ、やるじゃねぇか」

刀を持った男はおもむろに立ち上がる。

「何をおっぱじめる気だぁ？　キノコ頭」

動けなかった。

足の感覚をなくしたように立ち竦《すく》む。

藍蝗からスパイ界隈の常識は、一通り教えられていた。

——この世界には、圧倒的な戦闘技術を有する者が二人いる。

人類の到達点とさえ表現できる程の絶大な暴力。正面からの殺し合いでは絶対に勝ち目はない。迫られるのは逃走か、欺き続けること。歯向かえば死は確実。

——槌《つち》の女。ライラット王国。首都を守護する覇者『ニケ』

——刀の男。ディン共和国。『焔《ほむら》』のナンバー2『炬光《きょこう》』

その後者がこちらを推し測るような視線を送ってくる。

気迫や殺気は感じられない。四人の存在に気づきながら、なお敵意一つ見せない。

「四対一だっ、白蜘蛛殿」

銀蟬は彼を知らないらしい。声を弾ませている。

「曲者《くせもの》など殺戮《さつりく》してやろうではないかっ！」

両手にあふれんばかりの注射器を取り出し、刀の男の方へ駆け出して行った。

彼女が動き出した以上、自分たちも支援しなければならない。

白蜘蛛が拳銃を構え、黒蟷螂が「《車轍斧《しゃてつのおの》》……！」と義手を振るいながら、銀蟬の後を追う。紫蟻もまた「――【バラしなさい】」と十人の配下に指示を送った。

刀の男――『炬光』のギードはおもむろに、刀の柄に手をかけた。

視界が爆ぜる。

他に表現できる言葉が見つからない。

見えない爆弾に吹っ飛ばされるように、接近した銀蟬と黒蟷螂の身体《からだ》が弾かれる。砕け散った黒蟷螂の義手や銀蟬の注射器が飛散し、紫蟻の配下たちの身を切り裂き、辺りに血をぶちまけていく。

白蜘蛛が放った銃弾は消失した――ように見えた。

彼の刀が切り裂いたらしい。

ようやく認識した時にはギードは肉薄している。銃底で殴りかかる抵抗も虚《むな》しく、紫蟻とほぼ同時に刀の峰で打たれる。当たった左腕が骨を失ったように歪《ゆが》んだ。

現実が一変するまで二秒も経《た》たなかった。

白蜘蛛が集めたスパイたちは全員、意識を失っていた。

先ほどの威勢が嘘《うそ》だったように三人は地面で昏倒《こんとう》している。全滅だった。

ギードは「ま、こんなものか」と刀を振り、返り血を払った。

その上で醒《さ》めた視線を、膝をつく白蜘蛛に送ってくる。

「で、お前に関してだが――」

「あ……」

呆《ほう》けるしかなかった白蜘蛛は、現状を理解する。

これから自分は殺される。拷問にかけられ、全ての情報を吐き出させられ、首を刎《は》ねられる。この圧倒的強者から逃げるなど不可能。全身が震え始め、自然と涙が込み上げてくる。身体が炙《あぶ》られるようにも凍り付くようにも感じられ、嘔吐《おうと》感に苛《さいな》まれる。

――彼をこちらに引き込まねばならない。

他に生きる手段はない。しかし、彼の弱さを見抜くほどの時間は残されていない。

生存本能だけで身体は動いていた。

「………命だけは助けてください」

「あ？」ギードが顔をしかめる。

「なんでもしますううぅ！　どんな人でも殺しますぅ！　どれだけでも金を積みますっ！　死にたくねぇよおおおおおぉ、ああああああっ！」

叫んでいた。喚《わめ》いていた。嘆いていた。

プライドなど全てかなぐり捨てて、命乞いに勤《いそ》しんでいた。

仲間で群れ、自惚れた男が圧倒的な強者の前には媚《こ》び、靴を舐《な》める程に屈し、ただただ醜態を晒《さら》し続ける。

「っざけんなよおぉ！　敵《かな》う訳ねぇじゃねぇぇぇぇぇかぁあああ！　藍蝗のおっさん、騙《だま》しやがったなあぁ！　許さねぇよおおおぉっ！」

挙句の果てに、自身を導いた存在さえ口汚く罵る。『蛇』のボスも藍蝗も「死に晒せ」と恨み言を吐き続け、やがて咽《む》せ、しばらくせき込む。

ある事実に気づいた。

「………漏らした」

己の下半身から悪臭が立ち上ってきた。

「………大の方……」

ギードが顔をしかめた。

白蜘蛛は涙と鼻水で汚れた顔のまま、口にした。

「話を聞いてください」膝をついたまま頭を下げる。「炬光様、お願いします……」

それは、世界でもっとも醜悪な命乞いだった。

ギードが長いスパイ経験で見てきた数百の命乞いの中で、ぶっちぎりのワーストを誇る。弱さを愛した男が繰り出した、プライド全てを擲《なげう》った醜態。

だが結果的に――それは正解だった。

中途半端《ちゅうとはんぱ》な駆け引きをすれば、ギードは迷わず白蜘蛛の両腕を斬り落とし、尋問を始めていた。本来のスパイとしての冷酷さも彼は備えている。しかし手を止めてしまった。

誰よりも弱さを愛し、弱さに愛された男だけができる無様。

ギードは小さく息をつき「……殺す気も失《う》せた」と刀を鞘《さや》に納めた。

◇◇◇

ギードからは「こんなみっともない命乞いは初めてだ」と蔑んだ目で告げられたが、白蜘蛛は満足していた。生き残ったというだけで自身に満点をやりたかった。

ただ、彼が知る『蛇』の情報は全て伝える羽目になった。

自身の命を天秤《てんびん》にかけてまで機密情報を守る矜持《きょうじ》は持ち合わせていない。

《暁闇計画《ノスタルジア・プロジェクト》》についてギードはさほど驚かなかった。苦々しい顔で「やはりか」と呟《つぶや》いただけ。『焔』は既に計画の断片を摑《つか》んでいたらしい。

「お前の話が事実なら、一度、オレんとこのボスに相談しなくちゃならねぇ。お前の薄汚い嘆願に免じて、すぐに殺すのだけは勘弁してやる」

余裕気に告げられ、白蜘蛛以外のメンバーも生かしてもらえた。

両手足を拘束されて廃屋に監禁された。紫蟻が連れてきた人間は解放された。

見張りはなかった。ギードは仲間一人連れていなかった。

それに気づくと、乾いた笑みが零《こぼ》れた。

――白蜘蛛の動きを全て察知し、部下一人で十分と判断した『紅炉《こうろ》』フェロニカ。

――その任務を涼しい顔で成し遂げる、暴力の化身『炬光』ギード。

なぜ彼らを敵に回して、どうにかなると思ったのか。

紫蟻と黒蟷螂は意識を取り戻しても、一言も発しなかった。プライドの高い彼らは惨敗《ざんぱい》が堪《こた》えているようだ。銀蟬は「この廃屋、臭いですね」と元気だったが。

(……なんにせよ『蛇』は終わりだ)

『焔』に目をつけられた時点で勝ち目はなかった。すぐにギードは他の仲間を引き連れ、『蛇』のボスと藍蝗を拘束するだろう。

(ボスや藍蝗のおっさんが逃げられるといいが……)

拘束は一週間近く続いた。途中の世話は、ギードに雇われた現地人が行ってくれた。

次にギードが訪れた時、彼はひどく浮かない顔をしていた。

何日も一睡もしていないような、青い顔色をしていた。食事も取っていないのか、やつれている。たった一週間見ないうちに様変わりしていた。

白蜘蛛は改めて死を覚悟した。

ギードの瞳には、これから人を処刑するような冷たさが宿っていた。

だが、彼が吐いた言葉は予想外のものだった。

「ボスと決裂した」

言葉の意味が呑《の》み込めず、唖然《あぜん》として固まってしまった。

『焰』のボスである『紅炉』と、ナンバー2である『炬光』が対立したらしい。

二人の間に何が起こったのか。

ギードは「なんでだよ……くそ……」と悔しそうに呻《うめ》いている。握りしめた手からは血が滲《にじ》み出ていた。どれほどの握力で握れば、己の爪が皮膚を食い破るのか。

「キノコ頭、お前のボスに会わせろ」

彼は思わぬ言葉を伝えてきた。

「――オレは『蛇』に付く」

◇◇◇

白蜘蛛でさえ予想だにしない裏切りだった。

ディン共和国諜報機関『対外情報室』より――『炬光』改め『蒼蠅《あおばえ》』のギード。

彼の加入は『蛇』に大きな力を与えた。

紫蟻は彼の勧めで、ムザイア合衆国の首都に戻り、己の『軍隊』の増強に努めた。二百人を超えたあたりで精鋭を選抜し、無類の暗殺者集団を組み上げた。そして、かねてより紫蟻が可愛《かわい》がっていた『潭水《たんすい》』のローランドを本格的に活動させた。

『潭水』をガルガド帝国の諜報《ちょうほう》機関に貸し出し、協力関係を結ぶようになった。情報流出を懸念《けねん》し、自国の諜報機関との連携を渋っていた藍蝗も「あの男が言うならば、従わざるを得ない」と了承した。

帝国からの資金提供により遥《はる》かに強力となったのは、黒蟷螂だ。

改造を繰り返し、人間としての能力を遥かに超える二本の義手を得た。機械ゆえの制限時間はあるが、瞬発的にはギードに並ぶ戦闘能力を発揮できる。

『蛇』は僅か半年間で急成長を遂げていた。

銀蟬もギードから指導を受け、暗殺技術を向上させていた。世界最高峰のスパイから受ける指導は実のあるものらしく「ホント、あの人すごいぞ」とよく興奮して語った。

ギードは白蜘蛛にも多少ながら手解《てほど》きをしてくれた。

「お前はアレだ。もう器が小さすぎて、話にならねぇ」

「もっと優しい言い方はないですかねぇっ⁉」

彼は『紅炉』の目を欺きながら、秘密裏に『蛇』と連絡を取り合っている。

それでもいくつかの戦闘技術を授けられ、後は自分で訓練するよう命じてくれた。

「ま、いいんじゃねぇのか？　そういうスパイがいても」

フェンド連邦内にある彼の隠れ家で、笑いながら語ってくれた。

「『蛇』のメンバーは、お前の弱さに惹《ひ》かれたんだろう？」

「そんな大層なものじゃないですよ。俺は下《した》っ端《ぱ》として駆け回っただけで……」

「――いいや、『蛇』を作ったのは実質お前だ」

何を言っているんだ、と感じた。

しかし、ギードは本気で発言しているらしい。「藍蝗も認めていたよ。『蛇』の中心は白蜘蛛だって」と真面目な口調で述べる。

ん、と面映《おもは》ゆさに顔が熱くなる。

自分としては下っ端という意識が抜けないし、実際そんな立ち回りなのだが。

「ただ、覚悟が足りねぇ」

「あ……？」

「スパイの本質は、理《ことわり》を捻じ伏せることにある。痛みに満ちた世界に抗《あらが》い、変革する意識。その覚悟がまるで足りていない」

ギードは刀の峰を、白蜘蛛の胸に当ててきた。

「覚えとけ。オレたちが今から殺す『焔』という存在は――世界の理そのものだ」

白蜘蛛は眉を顰《ひそ》める。

いまいち腑《ふ》に落ちないセリフ。

だが、それ以上の説明はなく、彼は厳しい声音で「行くぞ」とだけ告げてきた。


――『焔』抹殺。


それが『蛇』の初任務だった。

藍蝗が判断を下した。彼らを消さなければ確実に『蛇』は潰されるだろう、と。

具体的な手段はギードが練ってくれた。世界各国に散らばった『焰』メンバーを一人一人、罠《わな》にかけていくという。各メンバーの居場所と弱点も教えてくれた。

ギードと白蜘蛛に任せられたターゲットは——不死身の老狙撃手『炮烙《ほうらく》』のゲルデ。

まず白蜘蛛は、新たな仲間に挑ませた。

フェンド連邦諜報機関『CIM』より——『魔術師』改め『翠蝶』

白蜘蛛が新たに勧誘したスパイだった。

自国の王室に強い猜疑《さいぎ》心を抱いており、その心に寄り添い、寝返らせた。ただ、驕《おご》りがちな彼女の鼻っ柱をへし折る必要があると判断し、ギードと協力してけしかけた。

案の定、翠蝶はゲルデに惨敗していた。

深夜のダンスホールで彼女は両肩から血を流し、ゲルデに背を踏まれている。銃口を後頭部に突きつけられ、苦し気な呻き声を漏らしていた。

「おいおい、手も足も出ねぇじゃねぇか」

白蜘蛛が嘲笑しながら近づいていくと、翠蝶が睨《にら》みつけてきた。

「つざけんな……なんで、ここに？」

「お前のテストだよ。調子こきすぎ。弱いんだから、従順になっとけ」

嘲笑《あざわら》いながら肩を竦《すく》める。

翠蝶はこちらを殺しかからんとする強い視線で睨みつけてきたが、相手にはしない。今はそれよりも警戒すべき相手がいた。

『炮烙』のゲルデが小銃を握り、闘志を滾《たぎ》らせた瞳でこちらを見ている。

両腕を大きく晒《さら》すようなタンクトップ姿とそこに張り付く鎧《よろい》のような筋肉。おおよそ七十を超えた女性には見えない。顔には年相応の皺《しわ》はあれど、瞳には好戦的な若々しさが覗いている。

彼女が見ていたのは、白蜘蛛ではなく――隣のギードだった。

「ふうん、アンタもここに来ていたかい」

「おう。そういうことだ。悪いな、ゲル婆《ばあ》」

雑談でもするように、二人は穏やかに会話を交わす。

言葉こそ和やかだが、空間は痺《しび》れるような緊張感に満たされている。瞬《まばた》きした瞬間、命が潰《つい》えそうで目を閉じられない。

白蜘蛛の役目は、見張りだ。

ギードが再び『焔』に寝返らないか警戒しろ、と藍蝗から命令されていた。

とんでもない話だな、と内心で自嘲する。

仮にギードとゲルデが再結託したとして、この怪物二人に自分が何をできようか。

両者の間にある緊張が一層高まっていき——。

「ま……ここらが限界だねぇ」

ゲルデが先に態度を緩めた。

彼女は小銃を地面に手放した。

「アンタが相手じゃ勝ち目はないよ。ここまで近づかれたら」

「そうかい。オレはやってもよかったぜ」

「十年前に言えたら褒めてやったよ。その時はアタシの圧勝さね」

ゲルデはダンスホール中央で倒れていた椅子を起こし、再び腰を下ろした。糸で吊《つ》られているように背筋を伸ばす。美しい姿勢だ。

ギードはその意味を察したように、彼女の正面に移動した。

「………………」

刀の鞘《さや》を握りしめたまま、見下ろすように立つ。身体《からだ》の動かし方を忘れてしまったかのように、ゲルデを見つめ続けている。

「ボスはアタシだけにこっそり嘆いたさ。アンタに理解されなかった哀《かな》しみを」

ゲルデが口を開いた。これまでの彼女の苛烈な印象とは程遠い、柔らかな声で。

ギードは呻くような息を漏らす。

「……落ち込んでいたか？」

「もちろん。アンタのせいだよ。結果、ボスは例の件を自分だけで背負い込んじまった。あの子たちには何も知らさず……今は合衆国の方で何を企《たくら》んでいるやら」

貴重な情報だった。

彼女の話から察するに、《暁闇計画《ノスタルジア・プロジェクト》》の存在は『煤煙《ばいえん》』『灼骨《しゃくこつ》』『煽惑《せんわく》』『燎火《かがりび》』は知らないらしい。意図的に伏せたようだ。

――『紅炉』はたった一人で《暁闇計画《ノスタルジア・プロジェクト》》を抱え込もうとした。

「ただ、アタシはアンタの気持ちも分かるよ。もし、もう少し若ければアタシもボスを止める側に回っていたかもしれないねぇ」

「…………」

ギードは刀の鞘を強く握りしめる。

「老いが訪れた後は、たくさんの子に技術を託したよ。バカ双子やハイジはアタシの修行から逃げだしたけれど、クラ坊や、他にも多くの人間が受け継いでくれた」

「…………………」

「アタシの技術と情報は後世に残る。それで十分……アタシには、それで十分……」

ゲルデは大きく息を吸い、叩《たた》きつけるように言い放つ。

「だから、大のオトナがいちいち泣くんじゃねぇ‼　みっともねぇっ‼」

ギードは刀を鞘から抜いた。

白蜘蛛に見えたのは、一瞬。しかし、その刃《やいば》の煌《きら》めきは心に刻まれる。

次の瞬間、ゲルデの身体から血が噴き出し、彼女は薄い笑みを浮かべて絶命していた。

◇◇◇

『焰』壊滅の原因は——仲間割れだ。

『蛇』が手引きしたことに違いないが、『蛇』独力では到底成しえなかった。白蜘蛛の行き当たりばったりな動きでは、いずれどこかの諜報機関に潰されていただろう。

成功の要因は、ギードの強い信念に他ならない。

《暁闇計画《ノスタルジア・プロジェクト》》は極罪だ。向き合い方が、世界最高のスパイチームを崩壊させた。

——『紅炉』のフェロニカは極罪を一人で背負い、成就《じょうじゅ》させる道を選んだ。

——『炬光』のギードは極罪を阻止するため、彼女と対立する道を選んだ。

両者はお互いの正義に殉じた。他のメンバーの死はそれに巻き込まれたに過ぎない。

一つの時代の終焉《しゅうえん》だった。

◇◇◇

ギードが『炮烙』を討った時点で、任務は終わったと感じていた。

達成報告は続々と届いた。紫蟻はムザイア合衆国で『紅炉』を、藍蝗はライラット王国で『煤煙』『灼骨』を、黒蟷螂はガルガド帝国で『煽惑』を死に追いやったという。

遺体は全てディン共和国へ移送された。

それは世界最高峰のスパイたちへの敬意であり、ギードの強い希望でもあった。せめて一緒の墓で眠らせてほしい、という願い。

――大きな任務が片付いたな。

白蜘蛛は安堵《あんど》していた。

役目は果たした実感がある。『蛇』は優れた諜報《ちょうほう》機関に育った。

紫蟻は恐ろしいスパイとなった。『紅炉』だけでなく、世界各国の名だたるスパイも殺害し、世界中の諜報機関に大きな混沌《こんとん》をもたらしている。彼以外にも、世界最高峰の戦闘技術を有する蒼蠅。局所的には蒼蠅さえ凌《しの》ぐ破壊を生み出す黒蟷螂、ＣＩＭの最高機関に潜り込み諜報員を自由に操る翠蝶、いまだ底の知れない藍蝗や急成長を遂げている銀蟬。世界に立ち向かえるスパイが集っている。

（……マジで《暁闇計画《ノスタルジア・プロジェクト》》の阻止も夢じゃねぇな）

そう浮かれたのも、無理のないことだった。

——ただ『焔』壊滅は、大きな問題を生み出していた。

『紅炉』も『炬光』も生前、身の上に起こった出来事を誰にも明かさなかった。スパイとしての覚悟と秘密主義ゆえに、そう選択していた。

それが——一人の怪物を生み出してしまう。

たった一人生き残り、何も知らされないまま、復讐《ふくしゅう》の炎に身を焦がし始めた怪物を。

◇◇◇

その存在はもちろん教わっていた。

『焔』の最年少の下《した》っ端《ぱ》。ここ最近は各国の諜報機関からも注目されている。『焔』メンバー全員の技術を継承し、次世代の強者と噂《うわさ》されるスパイ。

『焔』襲撃任務の直前、ギードも聞かせてくれた。

「オレの弟子だからな、かなりの実力はある。才能だけで言えば『焔』随一かもな」

ただギードの評価は厳しかった。

「が、まだ尻の青いガキだ。メンタルが大きな弱点だ。いざという時『焔』の仲間に頼る。精神を揺さぶれば、実力の半分も引き出せない」

横で聞いていた銀蟬は「なるほどなるほど」とメモを取っていた。彼にかける罠を決め終わると、すぐに準備へ取り掛かっていった。

白蜘蛛はふと気になったことを尋ねた。

「いいんですか？　話を聞く限り、燎火はアナタに入れ込んでいるそうですけど」

「あぁ、息子同然に育ててきたよ」

「こっちに引き込めないんです？　俺が説得しましょうか？」

彼に対する同情心ではない。利用できるなら利用した方がいいと考えたのだ。『焔』全員の技術を習得しているというなら、白蜘蛛にとっては十分化け物だ。

「――無理だな」

ギードは首を横に振った。

「言っただろ？　あのバカ弟子は『焔』に依存している。寝返らねぇよ。『焔』のメンバーを一人でも取り零《こぼ》せば、いずれボスの意志を継ぎ『蛇』にとって大きな脅威となる」

声は哀し気にも聞こえる。彼なりに愛情があるようだ。

そもそも、燎火を拾ったのもギードだという。彼が育て上げ、世界中で任務を共にこなし、仕事が終われば各国の名物料理を二人で食べた。

野暮なことを聞いた、と反省していると、ギードが「だが、もし——」と呟《つぶや》く。

「万が一——アイツがそれを乗り超え、初めて一人で闘えるようになった時——」

微《かす》かに彼の頬が緩んでいる。

「それこそ、あのバカ弟子は本当に——『世界最強のスパイ』になっちまうかもな」

『期待』というには自嘲があり、『警戒』というには微笑がある。

その複雑な色合いの表情は無自覚だろうか。そう尋ねたくなったが、控えておいた。その中途半端《ちゅうとはんぱ》さはギードの弱さか。この男にも弱点があったんだな、と驚いた。

なんにせよ、白蜘蛛はギードのセリフを真に受けてはいなかった。

思えば、その時点から徐々に歯車は狂い始めていたのに。

◇◇◇

――銀蟬が返り討ちにされた。

届いたニュースに愕然《がくぜん》とした。彼女が失敗したのか、と。

だが、その時点では、まだ恐れなかった。

次はギードが自ら暗殺すると名乗り出てくれた。当時『焰』は、表向きは『奈落人形《ならくにんぎょう》』という生物兵器の奪還という任務に取り組んでいた。それを利用して待ち受けるという。

彼が動いてくれるならば何も問題はない、と考えた。

――ギードもまた敗北した。

白蜘蛛はその現場を目撃し、信じられない心地でいた。

何かの間違いだと判断した。クラウスをめがけて放った銃弾は、ギードに庇われ、やはり彼が手心を加えたのだと納得する。

次は殺せる。なにせ燎火の情報は流出しているのだ。

自身より遥《はる》かに強い事実は認めるが、攻略できない相手ではない。実際、ディン共和国の歓楽地で、白蜘蛛は彼と直接対面したが逃げ延びることができた。

紫蟻か黒蟷螂、藍蝗のいずれかなら殺せる、と確信していた。


――紫蟻もまた屈し、拘束された。


瞬《また》く間に『蛇』は三人のメンバーを失った。

特に蒼蠅と紫蟻は白蜘蛛が頼りにしていた存在だった。『蛇』の両翼を成していたと言っても過言ではない。だが、たった一人の男に敗れたのだ。

ギードの懸念は的中した――『燎火』のクラウスは『世界最強のスパイ』となった。

◇◇◇

恐怖が津波のように押し寄せ、白蜘蛛を呑《の》み込んだ。

――燎火を直ちに殺さなければならない。

その事実だけは明白だが、方法はまるで浮かばない。紫蟻でさえ討てなかった。無闇に仲間を動かしても討たれる可能性は高い。頼れる蒼蠅はもういない。

紫蟻が拘束された夜、密航船の客室で呻《うめ》いていた。

耳には、ミータリオの街で燎火と無線越しに会話した声が残っていた。

──『お前も来ていたのか。今から、もう一戦か？』

震えを見破られないよう、強がることに全力を注いだ。

闘うなど、とんでもない。アレは白蜘蛛などが敵《かな》う存在ではない。

「……あぁ、本当だよ。ギードさん」

譫言《うわごと》のように呟きを漏らした。

「俺、覚悟が足りてなかったわ。全く理解してなかった。俺たちが敵に回したのは、世界の理《ことわり》そのものだ……」

手から血が滲《にじ》むほど床を殴りつける。

「あぁ……そうだ、本気で邪魔なんだ……殺す。マジで殺す。力で押し切るやり方はやめだ。確実に、念入りに、周到に、嵌《は》める算段を練らなくちゃいけない……」

ミータリオの街で告げた言葉を繰り返す。

「アイツは……『強者が弱者を食《く》らう』ルールそのものだ……」

白蜘蛛が数年がかりで集めた仲間は、瞬く間に打ち倒された。

そして燎火は今も、白蜘蛛を捕らえるために動き続けている。

泣いて縋《すが》れば命を助けてくれたギードがどれほど優しかったか。『蛇』のボスも藍蝗も、彼の対処法を見出せるとは思えない。


――やがて『紅炉』フェロニカの遺志を継ぎ、『蛇』を滅殺する者。

――《暁闇計画《ノスタルジア・プロジェクト》》により何百万人の弱者を殺し、強者だけが笑う世界を導く男。


力では勝てない。それは蒼蠅や紫蟻が証明してくれた。

「もっとさぁ、薄汚く生きないとダメだ。この世でもっとも卑怯《ひきょう》、ズルくて、最低な人間にならきゃ、理を覆《くつがえ》せない」

その日から彼は少しずつ、人格を歪《ゆが》めていった。

クラウスとは真逆――弱者としての極致に到達するために。

◇◇◇

「全部仕方ねぇって話だよなぁっ‼」

紫蟻が捕縛された四か月後、ヒューロの街で白蜘蛛は酔っぱらっていた。

記念すべき日を迎えた、と浮かれ、ホテルのスイートルームを予約していた。この散財の結果、後に資金繰りに苦労する羽目になるのだが、今は構わないと判断していた。

好物のビールを瓶から直接飲み、高層階からヒューロの街を見下ろしていた。

目の前にあるのは、故郷に砲撃を浴びせた国。

「俺みてぇなザコはさぁ、ズルい手を使わねぇと勝てない訳！　しょうがねぇよ。卑怯であろうと、弱いんだから。で、蔑まれるのよ。強い奴《やつ》は堂々としていて皆から尊敬されてよおおおぉ！　ズル過ぎだろおおおおおおおぉ！」

ビール瓶を壁に叩《たた》きつけ、部屋にいる少女に視線を向ける。

「お前もそう思わねぇか？　『鼓翼《こよく》』のキュール」

一人の少女が部屋の隅で沈痛な顔持ちで、涙を零している。

『鳳』というディン共和国のスパイチームの一員らしい。翡翠《ひすい》色の髪でポニーテールを作っている、眼鏡の少女だ。凛々《りり》しいはずの目元に大粒の水滴が溜《た》まっている。

ＣＩＭの最高幹部を兼任する『翠蝶』から報告があった。『炮烙』について調べ回っているディン共和国のスパイチームがいる、と。

白蜘蛛はそこに目を付けた。

ディン共和国のスパイが行方不明あるいは殺害された場合、その任務を受け継ぐのは高確率で『灯』だ。翠蝶と協力し、一人のメンバーを罠《わな》にかけた。

「『灯』の情報を与えれば……」

キュールは悔しそうに肩を震わせた。

「……ワタシたち『鳳』を生かしてくれるんですよね？」

「あぁ、俺は裏切った仲間には寛容なんだ」

そして、白蜘蛛にとって幸運があった。

――『鳳』は『灯』のメンバーを知っていた。

その偶然には歓声をあげたくなった。これまでディン共和国のスパイとは何度か出会っていたが、誰も『灯』の詳細な情報を把握していなかった。

「もちろん、その情報に偽りがなければな。俺は遠目にだが、『灯』の連中の姿を見たことがある。嘘《うそ》があればバレる」

「………」

「ま、しばらく『鳳』は監禁させてもらうけどよ」

燎火を呼ぶ材料となれば、『鳳』が死亡だろうと行方不明だろうと構わない。

キュールは強く唇を噛《か》んだ後、一枚の封筒を差し出してきた。

すぐに中身を確認する。

『灯』メンバーの外見と口調などが記されている。白蜘蛛は二度、『灯』を見たことがある。スコープ越しではあるため正確ではないが、キュールの情報に偽りはないようだ。

「ん、いいよ、合格だ。『鳳』は生かしてやる」

「ありがとうございます。ただ……」

キュールが言い淀《よど》んだ。

「そこには記せなかった、『灯』の機密情報があります」

「あ？」

「ほんの少し耳を貸していただければ……」

彼女は声のボリュームを落としながら、そっと白蜘蛛に近づいてきた。

口元に手を当てながら、白蜘蛛の耳に顔を近づける。

「………くそくらえ」

彼女の袖からナイフが飛び出し、煌《きら》めいた。

動揺しなかった。喉元にめがけて突かれる刃《やいば》を避け、キュールを強く蹴り上げる。身体《からだ》のすぐ近くに置いていた拳銃を手に取った。

「ま、どうせそんなことだろうと思ったよ」

「っ！」

「工夫が足んねぇなぁ。弱者と強者のどっちつかずの奴は、一番嫌いなんだよ。今ここで命乞いすんなら、聞いてやらなくもないぜ」

キュールは強く唇を噛んだ。

「……ワタシたちは負けない…………！」

ナイフを投擲《とうてき》すると同時に、背を向け、スイートルームから走り去っていく。

無理に追わなかった。

どうせ逃げる先は分かり切っている。

室内の電話を手に取った。相手は翠蝶。ＣＩＭが有する、特別な回線だ。

「作戦変更。やっぱりキュールが裏切った」

言葉にするのに不思議な高揚感があった。

「――『鳳』を皆殺しにしろ」

先祝いしてよかったな、と考える。

白蜘蛛が燎火に直接喧嘩《けんか》を売った、記念すべき日となった。


正面から闘ってはならない。

それだけを意識し、白蜘蛛は『灯』を嵌める罠を張った。

――『ベリアス』に『鳳』を殺させ、『ベリアス』と『灯』を争わせる。

――『灯』から裏切者《うらぎりもの》を生み、ボスである燎火と殺し合わせる。

キュールに吐かせた情報を元に、フェンド連邦を訪れた『灯』を観察し、モニカの恋心を見抜いた。ダリン皇太子の暗殺を利用し、彼女を寝返らせる。

理想は、CIMと『灯』の全面戦争を起こすこと――だったが、モニカに阻止された。

しかし確実に悲願は叶《かな》いつつある。

『世界最強のスパイ』を殺す後一歩まで辿《たど》り着いていた。

◇◇◇

白蜘蛛が小説を書き終えると、太陽が高く昇っていた。

一気に書ききった原稿を見返すことなく、封筒にぶち込んだ。

「こりゃベストセラー確実だな。俺にこんな文才があったとは。新たな文豪の誕生だ」

もちろん白蜘蛛や『蛇』を特定できる内容は記していない。多分に嘘は含んでいるし、最後は爆発で登場人物全員死ぬという適当なオチをつけている。

「んじゃ、まぁ始めますか」

白蜘蛛は街へ繰り出した。

ＣＩＭの内通者から機密情報を受け取る手筈《てはず》だった。尾行に警戒しながら、街のベンチ下に隠されたメモを受け取る。密会の場所が指定してある。廃業した診療所。罠がないことを確認し、そこに入っていく。

診療所には、白蜘蛛の協力者が既に待機していた。ＣＩＭの一人だ。

「すぐに読んで処分しろ」と男が紙を手渡してくる。

――ダリン皇太子殿下の葬儀におけるＣＩＭの警備体制。

言われるまでもなく、速読する。警備の中心は警察と陸軍。コイツらは無視でいい。そして裏方としてＣＩＭの連中か

（……ま。大体予想通りだな。警備の中心は警察と陸軍。コイツらは無視でいい。そして裏方としてＣＩＭの連中か）

報告書には現在のクラウスがいる監禁部屋の場所も記されていた。辿り着くのは困難。さすがに見張りが多い。そこまで行けても暗殺に時間がかかれば、見つかるリスクはある。

（さて、どう攻略していけば――）

そこまで白蜘蛛が思考を巡らせた時、報告書の末文に目が留まった。

【現在、ＣＩＭにあらぬ噂《うわさ》が流れている。いわく――】

やけに強調されている文章に嫌な予感を抱き、最後の文を読む。

【――『鳳』のスパイたちは生きていた】

「………おもしれぇこと、してくれる」

間違いなく『灯』が仕掛けた策だろう。こんな奇策を用意する者など他にいない。

狙いは分からないが、何か企《たくら》んでいるようだ。

構わない。ここからは権謀術数、嘘に嘘を重ね、嘘八百、スパイ同士の騙《だま》し合いだ。

「おい、こっちの情報は渡したぞ」

協力者の男が苛立《いらだ》った声音で告げてくる。

「今度はお前が情報を差し出せ。知っているんだな？　ダリン殿下暗殺の真犯人を――」

「あー、もちろん知ってる。俺が真犯人。で、お前は用済み」

隠し持っていた拳銃で、男の脳天めがけて発砲した。

「いやぁ基本、裏切者は大事にする主義なんだけどな？　ほら、俺って根がクズだからよお。約束もたまに守んない訳よ」

たった今作り上げた遺体に手を合わせ、診療所から去る。

「ま、仕方ねぇ犠牲だ。全ては、世界を極罪から守るため――次はお前の番だ、燎火」


白蜘蛛――『蛇』を実質的に作り上げたのは、この男だった。

『蛇』のボスと藍蝗が描いた絵空事に大きな力を与え、世界各国の諜報《ちょうほう》機関を相手取る存在までに成長させた。全て彼の手腕に他ならない。

　その彼が本能的に理解している。

　ここでクラウスを止めねば、『蛇』は終わりだ、と。

『蛇』と『焔』、各々《おのおの》の生き残りを懸けた最後の闘いが始まろうとしていた。

3章　蘇生《そせい》

街の片隅に建てられたアパートで、二人の諜報員が顔をしかめていた。

二世紀前に始まった産業革命により無数に作られた大工場は、首都ヒューロに強い光と影をもたらした。優れた軍事力で世界中に植民地支配を進めることができた一方、街は煤《ばい》煙《えん》で汚れていき、都市労働者は肺炎を患《わずら》い、貧困に落ちていった。

彼らが調べていたのは、そんな窮状に追いやられた者たちが集う通りだった。売春や犯罪が横行し、かつては「切り裂き魔」を生んだ区域。

脛《すね》に傷を持つような者が根城にする集合住宅に押し入っていく。

「……ここも不在か」

「やっぱりデマじゃねーか？　ディン共和国のスパイが勝手に言っているだけなんだろ」

二人の男たちは不平を言い合っていた。

「まさか殺したはずの『鳳《おおとり》』の奴らが生きていた、なんてな」

彼らはＣＩＭのスパイだった。所属は『ヴァナジン』、『刀鍛冶《かたなかじ》』のミーネが指揮する第四部隊の一員。

昨晩突如、ボスから言い渡されたのだ――『鳳』というスパイチームを見つけろ、と。

だが二人のモチベーションは低かった。

「まったく。いくらボスの指示とはいえ忙しい俺たちがなんでわざわざ」

「奴《やつ》らは『蛇《へび》』の情報を握っている可能性が高いからだ」

「ん、そうなのか？」

「『ベリアス』が彼らを襲撃したが、殺し切れなかったんだ。その後、『鳳』と『蛇』が交戦したという情報がある。『蛇』について何かを知っているかもしれない」

周囲一帯に人の気配がないことを察して、男たちはあけっぴろげに語り合う。

「実際、不可解なことも起きている。昨日『ヴァナジン』の拠点に何者かが侵入した」

「え？　マジ？」

「『鳳』の仕業という根拠はないがな。ただ事務所内には、ディン共和国のスパイを示す密書が置かれていた。自身の存在を示すように」

「……『灯《ともしび》』のスパイの誰かじゃないのか？」

「奴らは全員、ＣＩＭの監視下にある。『鳳』の生き残り『浮雲《うきぐも》』含めてな」

もちろんディン共和国の他のスパイかもしれないが、と言及し、男は見解を述べる。

「『鳳』のメンバーが本当に生きている可能性はゼロじゃない」

二人は一瞬、不気味なものを感じたように顔を歪《ゆが》め、アパートから去っていった。


そしてそんな二人のやり取りを観察する者がいた。


『灯』に新たに加入したスパイ――コードネーム『炯眼《けいがん》』である。

建物の屋根に潜み、ＣＩＭの男たちを見張っていた。その存在を男たちが見抜くことはない。気配を消す技術に関しては、並々ならぬ自信がある。

――どうやら、あの子たちが動き出したようだ。

彼らの態度で感じ取り、『炯眼』もまた算段を練り始める。

慎重に動く。『灯』には返さねばならない大恩があった。

◇◇◇

サラたちにはＣＩＭ本部の一室が貸し与えられていた。

一日三回も食事は運ばれてくるし、仮眠用のベッドも用意され、頼めばシャワーも浴びられる。四六時中監視はされているが、至れり尽くせりな生活だ。

しかし当然、制限もある。

クラウスとの面会は許されなかった。特に警戒されているようだ。本部近隣の建物に監禁されている事実は察しているが、近づけさせてもくれない。

また、どこへ行こうと、ミーネが始終付き纏《まと》ってくる。

「アハハッ、これ以上、傍迷惑《はためいわく》な噂を流すのはやめてくれませんかね？『鳳』の人間が生きていた、などと！　超鬱陶しいんですが！」

割り当てられた部屋で彼女は高らかに笑ってきた。

「噂じゃねぇよ。真実だ」

拳銃の手入れをしていたジビアが睨《にら》みを利《き》かせた。

「『鳳』の奴らは生きていた。『ベリアス』にも『蛇』にも殺せなかったんだ。さっさと見つけ出してくれよ。しっかり連絡を取りたい」

それは彼女たちが積極的に広めている噂だった。

――遺体は全て偽装である。彼らは自分たちを死んだと見せかけ、身を潜めた。

――『灯』は遺体の写真しか見ていないため、偽装を見抜けなかった。

――が、つい先日『灯』にだけ分かる、彼らの符号が見つかった。

ミーネ以外にも出会った全てのCIM諜報員に伝えていた。

部屋を訪れてきたアメリにも教えたところ、彼女は一瞬驚いた顔をして「……それが事実なら朗報ですわ」と呟《つぶや》き、同胞に捜索するよう手配してくれた。

ミーネは不愉快そうに眉間に皺《しわ》を寄せている。

「あ、捜査なら今日で打ち切りますよ」

「はぁ？」

「アタイが無理やり打ち切らせました。テメーらの戯言《たわごと》にこれ以上、人材は割けませんよ。彼らは死んでいるんです。それが結論、それでおしまい」

ミーネが、アハハッと声をあげ、微《かす》かに目を細める。

「それとも、何か裏の作戦でもあるんです？」

「さぁな。勝手に考えてろ」

ジビアが小さく舌打ちし、睨み返す。

緊張の気配を察してか、部屋の奥からリリィが駆け寄ってきた。

「まぁまぁ、お二人さん。仲良くしましょうよ」

ティーカップをお盆に載せ、運んでくる。

「とりあえずお茶でもどうです？　高級な茶葉をたくさん買ってもらいました」

カップは四人分、並んでいた。

リリィは「気が紛れますよ」と言いながら、ミーネの前にも並べる。

「というか、美味《おい》しすぎて大量に淹《い》れすぎたので、ぜひ飲んでください。無くなったらまたＣＩＭの人たちに買いに行かせればいいので」

「テメーが一番、喧嘩《けんか》売ってんですよ！」

リリィの背後には、大きなポットが二つ並んでいた。

ミーネは眉間を抓《つね》りながら「……前例がありませんよ。監視されている身分で、お茶菓子や化粧品を買いに行かせる図々《ずうずう》しい輩《やから》は」と苦言を呈する。

「えー、だってミーネさん、わたしたちに外出して欲しくなさそうなので……」

「だとしても、お使いを頼むんじゃねぇ！」

言葉をぶつけ合う二人の横で、サラが「はは……」と苦笑する。

部屋中央に置かれたテーブルを、四人は囲んだ。

作戦会議の時間だった。本当はミーネを追い出したいが、諦める。

「状況の整理です」

リリィが口火を切った。

「今回のわたしたちのミッションはズバリ——白蜘蛛《しろぐも》の野郎の拘束です」

ジビアとサラが同時に頷《うなず》く。

もはや言うまでもない。彼を捕まえ、モニカの行方を聞き出さねばならない。

「わたしたちは、白蜘蛛がクラウス先生を暗殺しにくる可能性に懸けます。低い可能性ではないはずですから。そして、その際、白蜘蛛が取るであろう手法は——」

「——ＣＩＭに内通者を作り出すことっすね」

サラが言葉の続きを述べ、息を呑《の》んだ。

グレーテが推測してくれたことだ——新たな裏切者《うらぎりもの》。

テーブルの端ではミーネが紅茶を飲みながら「アハハッ、あり得ません！　我々ＣＩＭは一枚岩ですよ」と笑っているが、無視。言わせておけばいい。

ジビアがテーブルの上に腕を置いた。

「実際、内通者なしで監禁されたボスを殺すことは、難しいだろうな。人手が薄くなるとはいえ、ＣＩＭの警備を正面突破なんてできるはずがない」

「ええ。ですので、わたしたちは内通者を捕捉する必要があります」

「……グレーテの予想は？」

「いくらグレーテちゃんでも病室で特定は無理ですよ。ただ、見当はつけてくれました。ＣＩＭの警備網に介入できる力を持った人物――」

下《した》っ端《ぱ》をいくら身内に引き込んでも、撹乱《かくらん》にしかならないはずだ。

警戒すべきは、多くの指揮権を握っている者。

「つまり――ＣＩＭの幹部たちですね」

そこまで情報整理を終えた時、少女たちは深い息をついた。リリィは硬い表情で髪を指に巻き、ジビアは顔を押さえ、サラは膝に乗せた仔犬《こいぬ》を抱きしめる。

緊張するには理由がある。

――ダリン皇太子殿下の葬儀の前日を迎えていた。

あっという間に、その日は訪れていた。

クラウスに対する警備は今晩から薄くなる。他国の要人が続々と入国してくるのだ。ＣＩＭのスパイは周辺に忍び、テロや暗殺に警戒しなくてはならない。

――白蜘蛛がクラウスを襲うとすれば、今晩から明後日《あさって》の朝。

この機会を逃せば、クラウスは脚の治療を終え、白蜘蛛は千載一遇のチャンスを失う。

それは『灯』がモニカに辿《たど》り着く手立てを失うことでもある。

双方にとって大きな分岐点。

「行くぞ、覚悟を決めろ」

ジビアが己の膝を叩《たた》き、腰をあげた。

「幹部同士の最終ミーティング。ここで裏切者を見極めて、拘束すっぞ！」

ＣＩＭにとっても、ダリン皇太子を暗殺した『蛇』の一員は捕まえなくてはならない。

そのための会議に、少女たちも呼ばれていた。

リリィとサラもまた「えぇ！」「やるっすよ！」と声をあげ、立ち上がる。

「アハハッ！」

耳障《みみざわ》りな笑い声があった。

ミーネが腹を抱えて、足を行儀悪く振っている。

「あ？　なんだよ？　あたしらが誰を警戒しようと勝手だろ？」

「いえ、最後まで隠し通しておく予定でしたが、つい我慢しきれず――」

彼女は声の温度を落とした。

「――テメーらはホント、とてもマヌケな楽観主義者ですね」

ジビアたちは、ん、と首を傾《かし》げた。

ミーネはそれ以上の説明をせず「会議室はこっちですよ」と誘導を始めた。

◇◇◇

会議室には大きな円卓があり、男女六人が囲むように腰を下ろしていた。

壁から円卓まで距離がある造りなのは、盗聴を防止してのことだろう。ディン共和国の対外情報室の室長室も似た空間と聞く。壁に巨大な女王陛下の肖像画が掲げられている点は大きく異なるが。

ミーネに連れられたジビアたちへ、六人の幹部たちが無遠慮な視線をぶつけてきた。

彼らの情報は事前に知っている。クラウスがアメリから聞き出していた。

——最高機関に仕える特務機関の長《おさ》『操り師《あやつし》』のアメリ。

——最大防諜《ぼうちょう》部隊の長『甲冑師《かっちゅうし》』のメレディス。

——特別暗殺部隊の長『影法師《かげほうし》』のルーク。

——陸軍中将を兼任する『索敵師《さくてきし》』のシルヴェット。

——道具制作機関の長『道化師《どうけし》』のハイネ。

——市民の誘導と扇動を主とする機関の長『旋律師《せんりつし》』のカーキ。

本来ならば、決してジビアたちの前に姿を現さない一流のスパイたち。彼らが今回のミッションに挑む部隊長らしい。

彼らの間でのミーティングは既に済んでいるようだ。

司会を務めているらしいアメリが、静かな視線を注いでくる。

「そこにいるディン共和国からの御客人は『蛇』と対峙《たいじ》した経験があります。何か確認したいことがあれば、と思い、お呼びしましたわ？」

幹部たちの目が細まった。

会議室は張り詰めた緊張感に満ちている。呼吸の仕方さえ忘れかねない程に。

呑まれる訳にはいかない。

――この中に裏切者がいるかもしれない。

それを見極める場であったし、なにより彼らは白蜘蛛を捕らえるための仲間でもある。

ビビっている場合ではない。

紹介を受け、代表してリリィが一歩前に出た。

「あ、はい。対外情報室の『花園《はなぞの》』です。『白蜘蛛』を捕らえるためなら、協力は惜――」

声が途中で止まった。

会議室の六人の表情がやけに硬い。

警戒する、というよりも、まるで最初から興味がないような醒《さ》めた視線だった。

「ん」

リリィが小首を傾げると、会議室の一人が口にした。

「もういいだろう、アメリ」

黒い肌を持った、ライオンを彷彿《ほうふつ》させる金髪《きんぱつ》の男。

彼の姿は知っていた――『甲冑師』のメレディス。自分たちを拘束した男であり、ミーネの上官に当たる存在だ。

「篝火《かがりび》ならともかく、この連中に聞きたいことなどない。茶番に付き合わせるな」

「ミーネ、やれ」

「茶番？」

リリィの質問に構うことなく、ミーネが「アハハッ、了解しましたっ」と笑いながら少女たちの前に立った。

両手を差し出し、小さく首を傾げてくる。

「――テメーら、武器を全て放棄してください」

聞き間違いと信じたかった。

だが、会議室に満ちる緊張は緩まず、ミーネが再度強調してくる。

「早く武器を。テメーらは葬儀が終わるまで、あらゆる武装は認められません」

「いや！　ちょ、ちょっと待ってくれ！」

虚を突かれたように叫び出したのはジビアだった。

ミーネの横をすり抜けるようにして、円卓を囲む幹部陣に訴える。

「なんでだよ⁉　あたしらだって白蜘蛛を拘束するために――」

「つい二日前、わたぁしの部下が殺されたのです。街の診療所で」

『旋律師』――白衣を纏《まと》い、片メガネをかけた男性が口にする。

「ある筋から、直前までディン共和国のスパイと出会っていたという目撃情報が上がっています。アナタたちを警戒するのは当然」

「ざけんな。あたしらは常に監視下――」

「アナタたちは、『鳳』が生きている、と吹聴《ふいちょう》していますね？　真偽は不明ですが、怪しみはしますよ」

彼の言葉に会議室に座った幹部たちが同意する。

『影法師』――口元に獣のマスクをつけた異様な風貌の男が無言で頷く。

『道化師』──深紫のドレスを纏った、やや小太りした女性が蔑んだ視線を送ってくる。詰め寄ろうとした時、ミーネがジビアの後頭部を掴《つか》み、円卓に叩きつけてきた。

「アハハッ、抵抗はやめてください──よっ！」

リリィとサラが咄嗟《とっさ》に詰め寄ろうとするが、メレディスに目で制される。

「自業自得《じごうじとく》ですよ。怪しげなデマを流すから」

ミーネがジビアの後頭部を掴んだまま囁《ささや》いた。

「くだらねー戯言《たわごと》に付き合わせやがって。もう『鳳』はくたばってんですよ！　テメーらの前には二度と姿を現すはずがない！」

「……っ！」ジビアが唇を噛《か》む。

「ま、元々アタイらはテメーらの力なんざ、頼りにしてねぇーですしね」

ミーネがジビアの髪を引っ張り、無理やり顔を上げさせた。

「──文句あんなら、今ここでやり合いますか、アタイらと」

「…………っ‼」

幹部たちの視線には、有無を言わさない圧があった。

できるはずがなかった。今ここでフェンド連邦の幹部たちと争うなど。

トドメを刺すようにミーネが、アハハッ、とご機嫌に笑った。

「じゃ、指をくわえながら引き籠っとけ、弱小国の小間使いども」

◇◇◇

ゴミを掃《は》き溜《だ》めに追いやるように、再び割り当てられた部屋に戻された。

ミーネは「じゃ、アタイも忙しいんで」と嘲笑《あざわら》い、去っていった。その顔には微《かす》かに汗が滲《にじ》んでいたが、理由は分からなかった。

武器は全て奪われていた。

ナイフ、拳銃、ワイヤー、袖や襟に隠し持っていた針まで没収された。リリィが豊満な胸に潜ませていた毒ガス道具も奪われたのだから徹底している。

それらの行為は会議室で、つまり幹部たちの監視の元で行われた。

立場の差を分からされるような、恥辱。

武装解除をさせられた事実よりも、その嫌がらせの方が堪《こた》える。

「っ、先手を打たれたな」

「そうっすね……」

サラは浮かない顔で椅子に座り、仔犬を撫《な》でている。さすがに仔犬までは奪われなかった。世話が手間だからか。

（十中八九、白蜘蛛の仕業だよな？　殺人なんて知らねーぞ）

大きく舌打ちをする。

（まさか、満足に闘うこともさせてくれないとはな……！）

ＣＩＭとは協力関係であって、仲間ではない――その大前提が今一度、示される。

彼らは最初から、ジビアたちなど頼りにしていなかったのだ。むしろ自由に動かれる方が厄介。部屋で大人しくしておけばいい、と考えたか。

裏切者《うらぎりもの》を炙《あぶ》りだすどころではない。

日が暮れ始めていた。窓から差し込む光が弱くなっている。もうじき白蜘蛛がクラウスを殺す手段を講じてくる可能性が高い。いや、今まさに動いている最中かもしれない。

「さて、どうします？」

リリィの声はいつになく冷静だった。

落ち込む様子もなく、紅茶のポットを回している。

「案外、このままＣＩＭの人たちに任せるのもアリかもしれませんよ？」

「あ？」

「だって、ＣＩＭだって優秀なスパイのはずですしね。しっかり白蜘蛛を捕まえてくれるかもしれませんよ。わたしたちは寝ているだけでいい。ラクチンですねぇ」

煽《あお》るように笑った。

「なにより——クラウス先生だって無策のはずがありません。わたしたちは出しゃばるより、大人しくしている方が賢明かもです」

「…………」

一理ある意見だった。

なにもＣＩＭの人間とて、白蜘蛛を逃す気はないのだ。彼らはモニカを暗殺者とみなし、白蜘蛛は彼女の仲間と思っている。人手不足だろうと警戒を怠るはずがない。

だが、ジビアの拳は確かに震えている。

「……アネットが変わろうとしている」

「ん？」

「病院で見ただろ？　あの問題児だって前を見ていたんだ」

脳裏にあったのは、灰桃髪《はいももがみ》の少女が見せた快活な笑みだった。

一昨日《おととい》——つまり脱走したアネットを連れ戻した翌日の出来事。

病室の彼女は落ち着きを取り戻していた。怪我《けが》は多少悪化した程度で済み、お見舞いのスイーツを頬張る程度にはご機嫌だった。

彼女の邪悪さを垣間見《かいまみ》たリリィとジビアは、しばし緊張していた。

が、サラが普段通り『アネット先輩、あーんっす』と牛乳プリンを食べさせ、アネットが『サラの姉貴、大好きですっ』と甘える光景を見て、自然と警戒を解いた。

結局アネットはアネットだ。奇行を繰り返す、可愛《かわい》い問題児。それだけの話だ。

ただ大きな変化もあった。アネットが己の殺意を隠すことをやめたのだ。

『ちなみに俺様、今でもモニカの姉貴はぶっ殺す予定ですっ！』

『『まったくブレないっ‼』』

病室での告白に、リリィとジビアは大声でツッコミを入れる。

アネットはけらけらと笑った。

『俺様のエルナ《オモチャ》を傷つけ、俺様を「クソチビ」呼ばわりした恨みは忘れません』

『ん、オモチャ……？』

『ただ、今の俺様ではモニカの姉貴には勝てないので――』

小さく舌を出した。

『――俺様、新しい殺し方を見つけ出そうと思いますっ』

憑《つ》き物が落ちたような、晴れやかな笑顔。

イタズラっ子というより、若干、悪女のような猟奇的な色味があったが、ジビアたちは快く受け止めることにした。

初めて見るアネットの向上心を、応援してやりたかった。


アネットの変化を思い出し、ジビアは改めて息を吸った。

「アイツの笑顔を見て、改めて感じたよ。あたしも変わらないといけないんだ」

「……ふぅん？　どうして？」リリィが唇の端を曲げる。

「モニカを助けられなかった」

一語一語に力を込めて言い放つ。

「全部を抱えこんだアイツに、何もしてやれなかった。モニカはボスの助けを振り払い、たった一人でＣＩＭに挑んだっつぅのに」

思い返せば、当時の自分は愚かな言動を繰り返した。

――『アンタ、今回なにしてたんだよ……！』

あろうことかクラウスに八つ当たりをしたのだ。

『灯』から離れていくモニカを止められないと知った時、苛立《いらだ》ちを抑えられなかった。

――『心のどっかで思っちまうんだよ……ボスなら絶対なんとかしてくれるって』

自身の未熟さを棚に上げ、なんて幼稚な発言だったろうか。

成長しなければならないのは、なによりも自分だ。

「あたしはやるぞっ！　人任せにしてられるか」

テーブルを強く叩《たた》いて、立ち上がった。

「あたしからは何も奪わせない！　ボスも、モニカも、絶対に！」

「……威勢はいいですが、動く根拠は？　ＣＩＭを敵に回してでも？」

「根拠はこの現状そのものだ――白蜘蛛は、内通者にあたしらの武器を奪うよう指示を出したんだ。『灯』の部下を警戒してんだよ。モニカに計画を潰された前例があるから！」

これが自意識過剰の推測とは思えない。

このタイミングで武器を奪われたことは、やはり不自然だ。

「既に裏切者は動き出している――今すぐボスを助けねぇとっ！」

もしこの瞬間にも内通者が、クラウスを殺しにかかったら終わりだ。

「そうっすね！　ＣＩＭの人たちには申し訳ないけど、やっぱり信用ならないっすよ！」

サラもまた立ち上がった。

「考えましょう。自分は皆を守るスパイになるって決めたんです！」

「今一番頭が回るのは、この天才リリィちゃんですので警告します」

リリィはまだ尚醒《なおさ》めた目でポットを回している。

「最悪、またＣＩＭを敵に回すことになりますよ？　モニカちゃんのおかげで一時的な協力ができているのに、振り出しです」

「『それでもやる』」

「……強情ですねぇ」

リリィもまた立ち上がった。やれやれ、と言わんばかりに肩を竦《すく》めているが、この展開が分かり切っていたように口元は緩んでいる。

「もう準備は終えていますよ。たっぷりお茶を淹《い》れていました」

彼女はテーブルに置かれた、もう一つのポットを手に取った。なみなみとお茶が入ったポットを両手に一つずつ持ち、振ってみせる。

ジビアが「おぅサンキュ」と朗らかに口にした。

「じゃあ景気づけに飲んでから——」

「やめた方がいいですよ。毒なので」

「は？」

「こんな展開もあろうかと、先に移しておきました。毒も、解毒剤《げどく》も、奪われる前に」

リリィはポットの中に人差し指を突っ込み、すぐに出した。

彼女の指先で怪しげな雫《しずく》が煌《きら》めいている。毒薬を紅茶に混ぜていたということか。その成分を中和する解毒剤は、もう片方のポットに。

彼女は指についた毒液を美味《うま》そうに舐《な》めとった。

「じゃ、やりましょう。あのＣＩＭ《ボンクラ共》を罠《わな》に嵌《は》めてやりますか」

◇◇◇

少女たちはすぐ準備に取り掛かった。

いくつかの化粧品の瓶に、毒入り紅茶と解毒剤入り紅茶を移す。陶器のポットを割り、破片を尖《とが》らせナイフを作り出す。親指程のサイズだが、人の頸動脈《けいどうみゃく》を斬るには十分。

準備を終えると、時刻は夜十時となっていた。

グレーテが予想した、白蜘蛛が訪れる可能性が高い時間帯を迎えている。

部屋の窓よりＣＩＭの本部建物から脱出する。窓枠に手をひっかけ、そのまま屋根の上へ。屋根伝いを駆け、ＣＩＭ本部の柵外へ飛び出した。

「ボスがいる場所は⁉」ジビアが口にする。

「あそこのビルっす。具体的な場所は近づけば、匂いで分かるっすよ」

サラが指さしたのは、ＣＩＭ本部から百メートルほど先にある建物だ。ＣＩＭが所有し、唯一リリィたちが近づくことさえ許されなかった。

仔犬《こいぬ》のジョニーが小さく吠《ほ》え、建物の方へ駆け出す。そばまで辿《たど》り着ければ、後は彼がクラウスの匂いを辿ってくれるはずだ。

が、当然妨害は訪れる。

少女たちと同様、ＣＩＭの本部の屋根を駆け、素早く追ってくる者がいた。リリィやサラの全速力よりも素早い。瞬《また》く間に先回りされる。

「止まりなさい！」

ミーネだった。手には既に音響兵器が握られている。

「アハハッ、なんですか。テメーら、監視もなく――」

「別にどこを出歩こうが、あたしらの勝手だろ」

立ち止まったジビアが煩わしそうに手を振った。

ミーネが焦《あせ》ったように「……っ」と唇を噛《か》む。

その表情を見て、ジビアは勝ち誇ったように口の端を持ち上げた。

「そもそもよ、お前たちがその気なら最初から閉じ込めておけばいいんだ。妙に親切じゃねぇか。監視さえ付ければ出歩かせてくれるんだから」

小さく舌を出す。

「――大方あたしらのボスが出した条件なんだろ？」

リリィが見抜いたことだった。

やけに緩い束縛。おそらくＣＩＭは自分たちを完全には監禁できないのだ。

「邪魔はするな。放置できないなら監視としてついてこい」

ミーネの額には、大きな汗の珠《たま》ができていた。

ジビアは彼女の横を通り過ぎながら、その際リリィとアイコンタクトを交わす。クラウスに会いに行く前に処理せねばならない案件があった。

「まったくテメーらは……」

ミーネが呆《あき》れたように肩を落とす。

「ただ少し待ってくれませんか？　突然に『来い』と言われても報告を――」

聞き入れない。

ジビアたちは構うことなく街を駆ける。選んだのはクラウスがいるであろう建物に最短で向かうルートではない。人がいない方向へ足を進めていく。

やがて入っていったのは、大きな廃ビルだった。

既に人の影はない、取り壊される予定の四階建ての建物だ。

ミーネが「なぜここに……？」と首を傾《かし》げながら、後ろに続いてくる。

一階には広いホールがあった。レストランがあったような痕跡が床に残っている。

中央に辿り着いた時、少女たちは足を止める。

「そういえば、『鳳』の件」

リリィが口にした。

「はい？」ミーネが訝《いぶか》しげな声をあげた。

「アナタたちに『鳳』を捜させたのは、いくつか理由があるんです。もしかしたらマヌケを炙《あぶ》りだせるかも、みたいなオマケも含めて」

くるりと身を翻《ひるがえ》しながら微笑《ほほえ》む。

「ミーネさんはなんで『鳳』のメンバーが死んでいる、と断言したんですか？」

「何を突然。だってそれはアタイの同胞が――」

「無理なんですよ、ＣＩＭが握っている情報では」

鋭い瞳で正面からまっすぐにミーネを捉える。

ジビアとサラは少しずつ移動し、ミーネを包囲する位置取りとなった。

リリィが説明を続ける。

「アメリさんでさえ『飛禽《ひきん》』『鼓翼《こよく》』『翔破《しょうは》』『羽琴《はこと》』の四名を殺害した現場は立ち会っていないんです。状況からそう判断しただけ」

そう、彼らが確実に殺したと言えるのは、仲間を庇《かば》って死んだ『凱風《がいふう》』のクノーだけだった。後のことは彼女自身もよく分かっていない。

ミーネの声が次第に早口となっていく。

「ですが遺体から彼らと断言できるはずで――」

「いえ、無理なんです。『ベリアス』はそもそも『鳳』を襲う根拠さえ知らなかった。ただ『翠蝶《みどりちょう》』――あぁＣＩＭの裏切者《うらぎりもの》です。彼女に言われるがままに襲っただけ」

アメリが正確に『鳳』の詳細を把握していたとは思えない。ただ命じられただけ。結果彼らの実力を見誤り、チームは多くの負傷者を出した。

実際『鳳』が生きている』とアメリに伝えた時、彼女は否定しなかった。『旋律師』という男も、真偽不明、と生死の明言はしなかった。

「だから、本当にあり得ない話じゃないんですよ。『鳳』の人たちが生きているのは」

リリィは声を張り上げる。

「『蛇』だけなんです。『鳳』のスパイたちを確実に殺した、と本気で思い込めるのは」

ミーネは失言をしていた。

『鳳』の捜索を打ち切る際に、理由は『人材を割けないから』とのみ説明するべきで『鳳』は死んでいるから』と語るべきではなかった。

彼らの死亡を断言できる者は、ＣＩＭにはいないのだから。

「もちろん――」

リリィが口にする。

「――これは強引な推理です。アナタがただ思い違いをしていた可能性もある。あるいは『ベリアス』の報告を信頼しすぎていたかもしれません」

目を見開いて固まるミーネに、リリィはガラス製のナイフを突き出した。サラもジビアも同様に、陶器製のナイフを構える。

「だから答えてください――アナタはクラウス先生に危害を加える気ですか？」

ミーネの頬から汗が伝い、床に落ちていった。

建物の外から車が走っていく音が聞こえ、すぐまた途絶える。住宅がないこの周囲一帯は、夜になると途端に人が消える。助けを呼ばせる気はない。

細く長く息を吸い、ミーネが答えた。

「アハハッ、燎火に危害を加える気なんてありませんよ。何バカなことを」

リリィが、ジビアとサラと目を合わす。軽く首を前後に動かす。

「嘘《うそ》ですね」

「は？」

「『鳳』のファ、ル、マ、さんが、教、え、て、く、れ、ま、し、た。アナタは嘘をついている、と」

「っ‼　一体、何を訳の分からないことを‼」

「あぁ、言い忘れていましたね。実は蘇ったんですよ、『鳳』」

「だからそれが分からんのですよ！　勝手な言いがかりをつけやがって！」

我慢しきれなくなったのか、ミーネが激昂《げきこう》する。形だけの笑みは顔から消える。ずっと握りしめている音響兵器をリリィに向かって構えた。

「これ以上付け上がるなら、コッチだって抵抗してやりますよっ！」

声高々に喚《わめ》く。

「弁《わきま》えろ、小間使いども！　この《絶音響《ぜつおんきょう》》には手も足も出せなかったことを忘――」

「残念ながら詰みです。わたしたちを舐めすぎ」

リリィが吐き捨てた。

「わたしの紅茶を飲んだ時点で、アナタに勝ち目はない」

ミーネの手から音響兵器が零《こぼ》れ落ちた。

その指先は小刻みに震えている。もう力も入らなくなっているらしい。

「何を……？」

「遅効性の毒です。そろそろキツくなってきた頃でしょう？」

リリィが悠然と近づき、そっと肩のあたりを押すと、ミーネの身体《からだ》は膝から崩れ落ちた。

呆然《ぼうぜん》とする顔には大量の汗が溢《あふ》れている。

思えば、幹部ミーティングが終わった辺りから、彼女の様子はおかしかったか。

ジビアは勝ち誇るリリィの横顔を盗み見る。

（……改めて恐ろしい女）

リリィはミーネが『「鳳」の人間は死んでいる』と断言した時点で、紅茶に毒を入れていた。この段階ならまだミーネの容疑はグレーだ。違った場合はどうする気なのか。

「さ、早く吐いてください」

リリイが懐《ふところ》から解毒《げどく》剤が入った瓶を取り出し、顔の前で振る。

「なぜアナタはクラウス先生に危害を加える気だったんですか？　誰かの指示ですか？　あまり放置すれば、命に関わりますよ」

これは嘘だ。リリイが盛った毒は数時間、身体が痺《しび》れる程度。

だがミーネは知る由《よし》もない。全身から自由を奪っていく毒は、彼女を恐怖の底に落とし込んでいくはずだ。

「言っておくが」ダメ押しでジビアが告げる。「お前の無線機ならもう盗んでいる。助けは呼ばせない」

アピールするように無線機を一度空中に投げ、キャッチする。

「くううううううううううぅ！」

燃え上がるように顔を赤くするミーネは、やがて声を張り上げた。

「助けてくださいよおおおぉっ！　ボスううううううぅ！」

ＳＯＳは届くはずがない。叫ばれようと問題ないよう、廃ビルに追い込んだのだ。

念のため黙らそうか、と詰め寄る。

だが突如、押し寄せる洪水のような低い轟音《ごうおん》が聞こえてきた。

人の足音だと察知すると同時に、建物の暗がりから巨大な影が飛び出してきた。猛烈な突進。だが拳銃を持たない少女たちは迎え撃つことはできない。

巨大な影がかましてきたのは、ショルダータックル。

辛《かろ》うじてジビアが前に出て受け止めるが、衝撃を殺せない。背後にいたリリィとサラ諸《もろ》共《とも》吹っ飛ばされる。リリィが手放した化粧品の瓶が二つ散らばった。

「これが解毒剤か？　小癪《こしゃく》な真似《まね》をする」

巨大な影は男のようだった。

その声はジビアたちにも聞き覚えがあった。

「やはりこうなるか。だから最初から足の骨でも折っておけばいいものを」

ＣＩＭが有する、最大の防諜《ぼうちょう》部隊の長《おさ》。

圧倒的な身体能力と無尽蔵の体力で、九十六人の部下を束ねるＣＩＭ幹部の一人。

「王の敵は吊《つ》るす」

『甲冑師』のメレディス――最大防諜部隊『ヴァナジン』のボス。

彼はリリィから奪った解毒剤の瓶を開け、ミーネの口に液体を流し込んだ。「残りの解毒剤も回収させてもらうぞ」と呟《つぶや》き、一本の瓶を懐にしまう。

腰元のサーベルの鞘が闇の中で煌《きら》めいている。

彼の背後には十五人の部下の姿もあった。ジビアたちに厳しい視線を送っている。

「嘘でしょう……っ」リリィが呻《うめ》く。「あの程度の大声で聞こえる訳が……っ」

「部下の助けに駆けつけられなくて何がボスか」

メレディスがミーネの肩を叩いて労《ねぎら》い、こちらを見据える。

「……それより穏やかでないな。なぜ俺の部下に毒を盛った？」

「コイツが『蛇』に通じている可能性があったからだ」

ジビアが端的に伝える。

「あたしらの武器を取り上げた時点で、内通者が潜んでいるとみていい。ボスを今のお前たちには任せられない」

「……言いがかりの域を超えないな」

メレディスが息を吐きながら首を横に振る。駄々をこねる子どもを相手しているような、歯牙《しが》にもかけない態度だ。

「別にお前たちと議論する気はない。こちらにはこちらの事情がある」

「こちらの事情？」

「説明の義理はない。尋問せねばならないのは、俺の部下に手を出したお前たちの方だ」

腰にかけたサーベルを手に取り、こちらに歩み寄ってくる。

話し合いで解決する事態ではないようだ。メレディスは自分たちを襲う思惑がある。

彼が『蛇』の内通者なのか。部下のミーネ共々、何かを企《たくら》んでいるのか。

なんにせよ、衝突は避けられない。

「リリィ、サラ、行けっ！」

ジビアが叫ぶと、リリィがサラの腕を引き、即座に駆けだした。狼狽《ろうばい》するサラをリリィが無理やり裏口へ引っ張っていく。

メレディスもほぼ同時に吠《ほ》えていた。

「逃がすな‼　追え‼」

「――もう盗んだ」

ジビアはミーネから盗んだ手りゅう弾を、リリィとサラの背中に投げた。彼女たちが飛び出していった裏口付近の壁が破壊される。

裏口に走っていったＣＩＭのスパイたちが二の足を踏む。その隙を見て、ジビアは正面玄関の方へ回り込んだ。

見たところ、出口は二か所。正面玄関と裏口。

このまま自分が正面玄関さえ抑えれば、リリィとサラはクラウスの元に到達できる。

「しばらく閉じ込められてもらうぞ」

ジビアは、ミーネから盗んだナイフを構えた。

「逃がす訳にいかねぇのは、あたしも同じだ。アンタの事情とやらを吐いてもらうぜ？」

不利だろうと怯《ひる》まない。

敵はＣＩＭ幹部含む敵が十六名。特にメレディスは、かつてミーネが『自分の百倍は強い』と断言した男。クラウスやアメリのような強者の圧も感じる。格上は確実。

しかし、脳裏にはこの数倍の敵と相対した少女の姿があった。

（……モニカはどれだけ善戦したんだろうな？）

仲間を守るため、彼女は命を賭《と》して立ち向かった。

『灯』というチームの姉を名乗る自分が引く訳にはいかない。

（あたしだって、やってやんよ――!!）

己もまた命を張る時が訪れた。

「……見くびられたものだな」

メレディスが不愉快そうに眼《め》を細める。

◇◇◇

サラとリリィが飛び出した瞬間、爆発で裏口が塞がれる。

リリィは振り向くことさえしなかった。一目散にクラウスがいるビルを目指し、足を動かしている。

「リリィ先輩っ⁉」

彼女に腕を引かれながら、サラは声を張り上げる。

「いいんですか⁉　ジビア先輩を置いて――」

あれだけの敵に囲まれて、いくらジビアと言えど助かるとは思えなかった。

あまりに形勢が悪すぎる。

「よくないですよ……！」

リリィが苦し気に呻く。

「こっちはミーネさんだけ脅迫して、ＣＩＭを欺く気だったんですから。それが失敗した時点で詰んでいます。なんなんですか、あの金髪《きんぱつ》マッチョ。ふざけていますよ……！」

「なら――」

「それでも走るんですよっ‼」

リリィがもう一度、サラの腕を引っ張ってくる。

もう先ほどの廃ビルからは離れてしまっている。戻ることを諦め、走ることに集中すると、リリィが手を放してくれた。

「こんな時ですが、リーダーとして一つお説教です」

いつになく厳しい声音で告げられる。

「『灯』の守護者っていうサラちゃんの目標、実はわたし『高望みだな』って思います」

「…………！」

「だってサラちゃん、普通に頼りないですし。モニカちゃんの裏切りが発覚した時も、全然動けていなかったですもんね。現実が見えていませんよ」

何も言い返せなかった。

自分の実力を考慮すれば、真っ当な評価だった。

夜の街に石畳を蹴る足音だけが鳴っている。リリィは走る速度を落とさない。

「だからこその目標なのは認めます。でも、本当にその願いを叶《かな》え、『不可能』に立ち向かう覚悟があるなら――」

彼女の声がしっかりと響いた。

「たとえ負けると分かっていても――動くことだけは止《や》めちゃならんのですよ……！」

◇◇◇

四秒で敗北していた。

這《は》いつくばる姿勢でジビアは床にうつ伏せに倒れている。

「あ……？」

マヌケな声が漏れる。

埃《ほこり》が口の中に入り、えぐみが広がっている。それ以上に、全身の痛みが凄《すさ》まじい。背中を中心に肩と腰が砕けるような感覚。実際に折れた訳ではないだろうが、そう錯覚してしまう程の衝撃で叩《たた》きつけられた。うまく呼吸もできない。

（いや、なんで倒れてんだ、あたし……？）

状況の把握が追いつかなかった。

混乱したまま、なんとか立ち上がり、目の前のメレディスを睨《にら》みつける。

（何をされた……？　今……？）

ナイフを手に突撃したことは覚えている。それが唯一の武器だった。ミーネから拳銃を奪っていたが、リリィに渡している。敵に拳銃を使われる前に接近戦に持ち込んだ。

軽いな、とメレディスが口にした。

次の瞬間、ジビアの身体《からだ》は地面に叩きつけられていた。

背中から落ち、勢いを殺し切れないまま横転。結果、腹這《はらば》いの姿勢となったのだ。身体が発する痛みから遅れて理解したが、何をされたのかまでは推測できない。

唖然《あぜん》とするジビアの前では、サーベルを構えるメレディスが立っている。

「『焼尽《しょうじん》』のモニカがやれたならば、自分でも闘えるとでも思ったか？」

こちらの意図を見透かした呟き。

彼はつまらなそうに「思い上がりも甚だしいな」と口にする。

「世界一の歴史を誇る、偉大なる王が君臨するこの国の諜報《ちょうほう》機関ＣＩＭ。その幹部という肩書の重さをまるで理解していない」

サーベルが振るわれ、空気を切る音が鳴る。

「『焼尽』であろうと、俺には惨敗《ざんぱい》した──王の守護者『甲冑師』を舐《な》めるな」

ジビアが立ち上がり再びナイフを構えた時、次は彼の方から肉薄してきた。

「――っ！」

彼が振るうサーベルを防いだ瞬間、体勢が崩される。

「カラクリを理解しても、どうせ防げん」

まるで円を描くようにサーベルの剣先が動いた。

「剣先を利用した投げ技だ。このサーベルは斬ることにも刺すことにも用いない」

言葉通りジビアの重心が崩され、再び地面に転がされる。

メレディスの戦闘能力は凄まじい。

ヒューロ市民には「暴力的」「粗暴」と揶揄《やゆ》される『ヴァナジン』ではあるが、ＣＩＭ内の評価はかなり高い。

組織の柱を成すのは――『甲冑師』メレディスの尽力。

常人離れした体力で四六時中、奮闘する姿に誰もが胸を打たれている。国の危機には最前線へ飛び込み、部下を傷つける者には容赦はしない。

九十六人という部下全員が彼を尊敬し、競い合うように成果を挙げていく。

後方で部下に的確な指示を送り続ける『操り師』とは対極のカリスマ性。

その優れた肉体の前には、モニカでさえも正面からの戦闘は避け、逃げに専念した。

つまり——ジビアでは微塵も相手にならない。

何も知らぬ者がいれば、目を覆いたくなる光景が展開された。

筋骨隆々とした男性が、少女に暴力を振るい続けている。

サーベルだけは、ジビアがナイフで防いでいる。しかし、メレディスはサーベルをフェイントにして、蹴りや殴打《おうだ》を叩きこんでくるようになった。防いでも体勢は揺らぎ、後方に弾《はじ》き飛ばされる。時に地面に倒れ込み、起き上がった瞬間また蹴られる。

防戦一方という言葉さえ似つかわしくない。ただの暴行だった。

（あたしだって闘えると思ったのに……！）

既にジビアの額からは血が伝っていた。両腕は内出血で膨れ上がっている。左手は小指と薬指が折れ、あらぬ方向に捻じ曲がっていた。

（まさか、ここまで……！）

判断ミスを悔いるが、メレディスは待ってくれない。

サーベルを目くらましに、鋭い拳が放たれる。頬にクリーンヒットし、強く吹っ飛ばされる。奥歯が砕け、口内が血で満たされる。

逃げることさえできない。

ジビアの逃げ場は、他の『ヴァナジン』のメンバーが塞いでいる。

傍観しているミーネが追い詰められるジビアをおかしそうに笑っている。解毒《げどく》剤が効いてきたのか、既に立ち上がっていた。

「アハハッ。ボス。いい加減、銃で撃ち殺せばいいのでは？」

「不要だ。銃声が万が一にも王の民に届けば、要らぬ不安を与える」

メレディスが叱責する。

さっきから拳銃を使わないのは、それが理由らしい。舐められている。

「F班は『花園』と『草原《そうげん》』を追え。コイツは俺が捕らえ、人質にする」

指示を受け、九人ほどの人間がビルの出入口へ駆けていく。

ジビアは立ち上がり、彼らを追いかけた。

「逃げんなや――‼」

何度も手放しそうになったナイフを固く握りしめる。

メレディスが阻《はば》むように立ちはだかる。

「――無駄だ」

彼が突き出してきたサーベルを、今度は防げなかった。

切っ先がジビアの身体に触れた瞬間、彼女の足が地面から離れた。横から強いエネルギーに叩きつけられたように、体勢が傾《かし》いでいく。

刺すためでも斬るためでもない剣術。

突撃の勢いは剣先によりベクトルがズラされ、ジビアの身体は前転するように宙に浮き、そのまま背中から地面に叩きつけられた。

再び加わる背中からの強い衝撃。

無様な姿勢で横転し、なんとか起き上がる。

「アハハッ、これ以上の抵抗は止《や》めた方が身のためですよっ」

ミーネが手を叩いて嘲笑している。

「テメーの戦闘レベルなんて、とっくにバレているんです。いい加減気づきません？」

いつ聞いても耳障《みみざわ》りな声で告げてくる。

「『焼尽』のモニカよりも遥《はる》かに弱い、凡人。そんな輩《やから》が敵《かな》うはずないでしょう⁉」

「――――っ」

決して見ないようにしてきた事実を突きつけられる。

◇◇◇

モニカとジビアの力関係について。

それは誰もハッキリと口にはしないが、分かり切っている事実でもあった。

ジビアの戦闘技術は、モニカより劣る。

二人の『灯』での役割は似通っている。敵と交戦した場合の戦闘要員。

しかし二人の間には――埋めがたい実力差がある。

もちろんジビアの格闘能力は高い。仮に武器禁止のルールで、平地で闘えば、モニカにも勝るはずだ。スタミナもあり、チームへの貢献度も低くない。

だがモニカの才能が異次元過ぎるのだ。

チーム誰もが認める、桁違いのセンス。正確無比の射撃能力、そして光や跳弾を駆使して敵を翻弄する特技。フェンド連邦で更に飛躍的な実力を手に入れ、クラウスさえ退けるまでに至った。

かつてクラウスは、ジビアを任務から外し、モニカを連れて行った。

非選抜組――そう下された評価は、何も間違っていない。

◇◇◇

ジビアにとっては苦しい事実を思い出しながらも、メレディスと闘う。

足止めとしての役目はもう終えたが、抵抗を止める訳にはいかない。

しかし勝ち目が見えなかった。

気づけば攻めることより、守ることに専念している。後退と転倒を繰り返す。刃《やいば》を交える度に傷を増やすのは、常にジビアだった。

――ジビアはモニカに勝てず、モニカはメレディスに勝てなかった。

不等号のように示される関係性が、脳裏に何度もチラつく。

「んなことは分かり切ってんだよ！」

己がモニカに勝る点と言えば、諦めの悪さか。

サーベルを握るメレディスの右腕を摑《つか》んだ。

ぶつかり続けることで、少しずつ相手の動きに慣れていた。相手の呼吸、攻撃のタイミング、パターンを読み切る。

振りほどこうと繰り出される彼の左フックを右腕で受け止める。

「対応した……⁉」ミーネが愕然《がくぜん》と呻《うめ》く。

メレディスの口から息が漏れた。

ジビアは相手の腕を掴んだまま、離さない。左手三本の指で拘束する。

「モニカがすげぇってことは認めるけどなぁっ――」

右手のナイフに力を籠める。

クラウスとの訓練の日々で、磨いてきた戦闘技術を発揮する。

「こっちは初めから、その評価を覆《くつがえ》しに来てんだよおおおぉっ！」

「――それがどうした？」

メレディスの動きが変わった。

瞬時に後退、ジビアの束縛から逃れる。これまでの円を描くようなサーベルの動かし方とは異なる、直線的な動き。

剣先が、、、ジビアの右腕を貫く、

「え――――」

時が止まった。

ぽろりと右手からナイフが離れる。床に落ち、乾いた音が響く。

「…………サーベルでは刺さないはずじゃ…………？」

「そんな嘘《うそ》も見抜けぬか」

憐《あわ》れむような視線で告げ、メレディスはサーベルを引き抜いた。

激痛が腕から上ってくる。

右腕を抱えて、叫び声をあげた。

床の上でのた打ち回る。これまでの生涯で感じたことのない程の痛みだった。唇を噛《か》み締《し》め、必死で堪《こら》えても、尚《なお》動くことができない。

まるで頭《こうべ》を垂れるように、頭部を床につけた姿勢で痛みに震える。

「終わりだな」

頭上からメレディスの冷たい声が降ってくる。

「抵抗を止めれば命までは奪わん。お前は尋問にかける」

「――――っ」

笑ってしまう程の惨敗《ざんぱい》だった。

勝負にもなっていなかった。

そもそもメレディスは本気でさえない。拳銃を使わず、サーベルで臓器を刺すこともせず、他の部下に加勢も求めなかった。

それでも――五分も立ち向かえなかった。

(なんだよ、これ。あたしだって強くなったと思ったのに……)

悔しさで唇が震えてくる。

(全然じゃねぇか……！　カッコ悪すぎんだろ！)

全身を殴打され、傷口に入ってくる汗と砂。その痛みが現実を教えてくれる。

――クラウスならば勝てた。

――モニカならばもっと闘えた。

けれど自分はこの様だ。メレディスに傷一つ負わせられずに、芋虫のように身を屈《かが》め、生殺与奪の権利を握られている。これが惨めでなくてなんだ。

他スパイを凌駕《りょうが》する仲間に比べ、自分はどれほど弱者なのか。

「……ふん。泣きだすようなガキがこの場に来るな」

メレディスが吐息を零《こぼ》し、サーベルを鞘《さや》に納めた。

「どうしてお前が俺に勝てないのか、教えてやる」

「……っ」

「お前の動きは『焼尽』への対抗心で鈍っていた。『アイツにできたなら自分にもできる』

——つまらない見栄《みえ》、あまりに幼稚な感情だ」

建物が震えるような強さでメレディスは怒鳴った。

「そんな私情に塗《まみ》れた刃《やいば》が、王のために尽くす我々に届くと思うな！」

「…………………っ」

浴びせられた怒号に、床に頭をつけるジビアは目を見開いた。

◇◇◇

言ってみれば、それは当然の結果。

身内の裏切りにより『蛇』に不覚を取っていたＣＩＭではあるが、諜報《ちょうほう》員個々のポテンシャルはかなり高い。幹部陣の実力は、例えばリリィでは束になっても敵わない。

ジビアの格闘能力には、一つ上の段階がある。

しかし、それは本人も無自覚で、まだ到達できていない高みだ。己の過去といまだ向き合えていない今の彼女には、関係のない話。

——『灯』はＣＩＭの包囲を突破できない。

——結果、クラウスの元に近づくことさえ叶わず、更なる悲劇を生み出してしまう。

そんな未来を覆す、逆転の一手となった存在は——。

◇◇◇

「……………思い出した」

ジビアの口から呟《つぶや》きが漏れる。

それは、今まで闘ってきた敵に叱責された恥辱が原因ではない。メレディスの罵声に、未熟者と対する年長者のような同情の色味があったからでもない。

屈辱よりも無力感よりも、心を穿《うが》つ衝動があった。

「アンタと似たようなことを言っていた男がいたんだ」

「……………なんの話だ？」

メレディスが不審がる。

他の部下たちも顔をしかめている。突然ぶつぶつと呟き始めたジビアが異様に感じられたらしい。

構わず口にし続けた。

「ウザい口調で言ってきたんだよ。『養成学校の成績にこだわるな♪』って」

　顔を上げ、口元を綻ばせる。

「でもさ、笑えることにさ、ソイツだって狭い価値観で生きているんだ。同じチームの男に勝てないことをずっと気にしている。同年代の天才に遠く及ばないことを」

　息が漏れた。

「ソイツが教えてくれたんだ――連携があたしの武器だって」

　どんな気持ちで、その願望を託したのか。

　彼自身も必死に鍛錬しているようだった。交渉技術、戦闘技術、自分にできる武器を伸ばしていた。しかし『鳳』のボス、ヴィンドには到底敵《かな》わない。

　――ジビアがモニカに敵わないように、あの男もヴィンドには勝てなかった。

　あぁ、と改めて再認識する。

　こんな共通点が自分たちにはあったのか。

　理解できない話が不愉快なのか、メレディスが眉を顰《ひそ》める。

「誰のことを言って――」

「お前たちが殺した相手だよっ‼」

　メレディスが呻き、取り囲むミーネ含む部下たちが息を呑《の》んだ。

　その直後、上階――ジビアたちがいるビルの二階から物音が聞こえた。何かが揺れるような音だった。

今の音はなんだ、と誰かが呟き、メレディスが天井を見上げる。

ジビアは頬を緩め、思い出す。

からかい癖のある、毒舌な『鳳』の戦闘員――『翔破《しょうは》』のビックス。

かつては全養成学校の生徒で第二位の成績を誇った。映画俳優のような甘いマスクを有する、よく人を小馬鹿にする青年だ。

人並み外れた怪力を有し、龍沖《ロンチョン》ではジビアと直接闘った。交流期間では常にジビアにかまい、無理やり合コンに連行しながら、スパイとしての闘い方を授けてくれた。

彼との日々を思い出し、ジビアは強く宣言する。

「あたしじゃ敵わねぇ。力を貸してくれ、ビックス」

足をふらつかせながらも、確かに立ち上がっていた。

◆◆◆　◆◆◆　◆◆◆

「『翔破』＆『百鬼《ひゃっき》』――浮かれ砕き、攫《さら》い叩《たた》く時間にしてやんよ」

ビルの二階。

そこには二人のスパイたちが階下から聞こえる声に微笑《ほほえ》んでいた。

「頼られちゃってるねぇ、ビックスくん」

間延びした声で告げるのは、『羽琴』のファルマ。ウェーブがかかった長い髪を伸ばす、ふくよかな身体《からだ》つきの女性。「怠惰」という印象を与える容姿だ。

彼女は窓枠に腰を下ろし、その特別な夜を楽しむように目を細めている。

「仕方ないよねぇ。CIMを突破するにはさぁ、まだ力不足だもん。ミーネさんの嘘を見抜くのだって、ファルマの力が必要だった訳だしねぇ」

「まったくです♪　本当に目が離せない」

声をかけられた『翔破』のビックスは肩を竦《すく》める。

彼はフロアの上を歩いている。何かを探すように目線を動かし、やがて目的のものを見つけたところで立ち止まった。

隠し持っていたメリケンサックを取り出し、大きく振りかぶる。

「今回だけ力を貸しますよ――一緒にやりましょう、ジビアくん♪」

優し気な顔から似合わない剛腕が振るわれ、その目標物は破壊されていった。

◆◆◆　◆◆◆　◆◆◆

再び立ち上がってみせたジビアを、メレディスが唖然《あぜん》とした顔で睨《にら》む。

「何を言っているんだ、貴様は……？」

そう、口にするのも無理はない。もうジビアはまともに闘える状態ではなかった。利《き》き腕《うで》でナイフさえ握れない。貫かれた腕を止血しなければ、命にも関わる。

勝敗は決した。

彼女がすべきは、ＣＩＭに媚《こ》び、従順に情報を吐くことだ。あるいは自決を試み、スパイとして情報保持に努めることか。

「……そんなハッタリが通じるか。『鳳』は『浮雲』以外死んだはずだ」

メレディスは当惑するように瞬《まばた》きをする。

「連携？　ふざけるな。お前にこれ以上仲間がいるのか？」

「いるんだよ」ジビアは口にする。「あたしらは『鳳』と共闘しているんだ」

ジビアは動かない。二本の脚で直立し、強い眼差《まなざ》しを向け続ける。

メレディスは呆《あき》れたように息を吐いた。

「……哀れだな。正常な思考さえ失われたか」

緩慢な動作で再度サーベルを鞘から引き抜く。

ジビアの左腕めがけ、鋭い刺突を繰り出そうとする。

「楽にしてやる。亡霊と共に屈せ」


天井が割れた。


「――っ⁉」

サーベルが止まった。

石にヒビが入るような嫌な音が鳴り、次の瞬間、轟音《ごうおん》と共に天井が降ってきた。

漆喰《しっくい》とコンクリート、無数の電線が降り注ぐ。

既にジビアは動き出している。瓦礫《がれき》を回避する場所に駆ける。

「っ、なぜ――っ⁉」

メレディスの判断も早かった。攻撃を止め、瞬時に己の部下を守ることを優先する。

突然の事故に反応が遅れた部下にタックルをかまし、安全な柱の側《そば》へ突き飛ばす。

天井が崩れ終え、残りの部下の安否を確認しようとした時、接近する影に反応した。

既にジビアは彼の死角に回りこんでいた。態勢の崩れているメレディスにある物を投擲《とうてき》する。

メレディスが鋭い太刀筋で断ち切る。

それは化粧品の瓶だった。メレディスのサーベルは、ガラスを容易に切断する。

中の液体が彼の顔に飛び散った。

「っ、毒かっ……!!」

リリィと離れる直前、ジビアが彼女から渡された瓶だった。

メレディスは退きながら、顔を拭う。微《かす》かに口内へ入ったようだ。顔をしかめている。

「だが、俺には解毒《げどく》剤が――」

彼が目を開けた頃には、ジビアは接近を終えている。

既にサーベルの間合いではない。折れた左手をメレディスへ伸ばす。

「――盗めば」

「させるかああああああぁ！」

メレディスがフック気味の拳を放ってきた。

ジビアの横腹に入る。

渾身《こんしん》の気合が込められた、重たい一撃だった。

身体は容易《たやす》く浮き上がる。ボールのように床を転がり、近くの柱に叩きつけられた。

「……最後の足掻《あが》きか。驚かせてくれる」

彼は感心したように息をつく。

「カラクリは分からんが、天井を破壊し、それに乗じて毒を飲ませるか。トドメに俺の解毒剤を奪う気だったのだろうが——失敗だ」

メレディスの懐《ふところ》には、まだ化粧品の瓶が残っている。

瓶から紅茶を一息に飲み干す。

毒が効き始める前に、解毒剤を飲んでおくのは当然の判断だった。

瓶の中身を丸ごと飲み干し、勝ち誇るように口元を拭っている。

「もう終わりか。今度こそ尋問にかけさせてもらうぞ」

ジビアには逃げる気力など残されていなかった。

柱に背中をつけたまま、顔を俯《うつむ》けさせ、足を伸ばした姿勢で座っていた。

「……あたしって本当にダメだよな」

覇気のない声を漏らす。

右腕からは血が流れ、左手の指は二本、折れ曲がっている。服は裂け、傷だらけの素肌が晒《さら》されている。

「…………やっぱりモニカには全く敵わねぇ。悔しくて仕方がねぇよ」

ゆっくり面をあげる。

血と涙で汚れた顔に、確かな笑顔を浮かべて。

「……誰かを騙《だま》すことさえ、誰かと連携しなきゃできなかった」

メレディスが動きを止める。

すぐに察したようだ。目が見開かれている。

「――――‼」

そう、彼がたった今飲んだのは解毒剤ではない。

ジビア、は、戦、闘、の、最、中、に、解、毒、剤、を、盗、み、、毒、入、り、の、瓶、と、掏、り、替、え、て、い、た、。

それは盗むことに長《た》けた『百鬼』の特技。

意識を逸《そ》らし、相手から物を掠《かす》め取る技術の応用。相手の懐に物を仕込ませる。

だが、これは独力では成しえない。ジビアには敵を欺ききる頭脳がない。今回もリリィが用意してくれた毒がなければ、成立しなかった。

借りること、与えること、分かち合うこと。彼女の詐術は仲間との連携で成り立つ。

『窃盗』×『掏替《すりかえ》』——虚実混交。

メレディスが飲んだのは、解毒剤ではなく毒の方。それもミーネが摂取した薄められていた毒とは違う。直前口に入れた解毒剤を遥《はる》かに凌駕《りょうが》する量の毒を摂取した。

彼の身体が次第に傾き始める。

「まさか、お前、これをずっと狙っていて——」

「『花園』＆『百鬼』——咲き狂い、攫い叩く時間」

ここにはいない仲間の名を口にして微笑む。

「——もう掏《す》り替えた」

かつてはモニカでさえ逃げた強敵が、ジビアの前で倒れていった。

◇◇◇

メレディスの巨体が倒れ込んだ時、他の『ヴァナジン』のメンバーたちが踏み込んできた。ミーネ含め残っていた六名が、満身創痍《まんしんそうい》のジビアを制圧しようと取り掛かる。

やはり勝ちはない。敗北は必至。

だが今なら、多少の会話はできるはずだ。

「近づくな！」

ジビアが左手を掲げた。

「——近づけば、この解毒剤を割る」

彼女の手には、解毒剤の瓶があった。

脅迫には十分だった。『ヴァナジン』たちの動きが止まる。仮に銃で撃とうと、ジビアが瓶を取り落とした衝撃で、解毒剤はなくなる。

「だから話を聞いてくれ。本当にＣＩＭに内通者が潜んでいるかもしれないんだ。『旋律師』の部下を殺した件なんて、本当に知らない……！」

ジビアが必死で訴えた。

「報告したのは、誰だ？　お前たちなのか、それとも——」

自分の話に具体的な根拠がここで示せる訳ではない。

だが力関係は変わっている。今のジビアは、彼らの上司の命を握っている。いくら機密情報を守る部隊と言えど、おいそれとボスを切り捨てることはできないはずだ。

「答えろっ！」

失血で意識が飛びそうになるのを堪《こら》え、声を張り上げる。

「……お前たちの方こそ何を企《たくら》んでいた？」

苦し気に言葉を発したのは、メレディスだ。

「我々を騙そうとしたのは『灯』が先ではないか？『燎火』が『蛇』と繫《つな》がっている、という情報があった。証拠も見せられた」

「……あ？」

「ゆえにミーネは、お前たちを陰ながら始末する準備を整えていた」

想像を超えた濡《ぬ》れ衣《ぎぬ》に、ただ声が出なかった。

ＣＩＭ内で勝手にそんな話が進んでいたのか？

「ありえない……意味が分からない……」

「無実だと根拠は示せるか？　命欲しさに誤魔化そうと――」

「命が惜しい奴《やつ》が腕を貫かれてまで、アンタと闘う訳ねぇだろ」

ジビアが声を張り上げると、メレディスは全てを悟ったように頷《うなず》いた。

「……なるほどな」

悔しそうに唇を噛《か》んでいる。

「どうやら俺たちは共に嵌《は》められたようだな。おかしい。ネイサン様が見抜けないはずもないんだが……」

何か思うところがあるらしいが、彼も内通者の存在に思い至ったようだ。

「誰だよ。デマを流した奴は――」

メレディスが名前を口にした時、彼の懐から、機械的な音が聞こえてきた。彼が所持する無線機に連絡が来ているようだ。続けて人の声が聞こえる。

やがて彼は険しい顔でジビアを見つめてきた。

「俺の部下から報告だ――『燎火』が監禁部屋から消えたらしい」

「――っ⁉」

足に最後の力を籠め、メレディスに飛びついた。

周囲の部下たちが「なにを」と叫び、ジビアを捕らえようとしてくる。

ジビアは彼らに解毒剤の瓶を投げ渡し、メレディスの懐から無線機を奪った。

「ミーネから盗んだ無線機は、リリィたちに渡している！　どうすれば通じる？」

メレディスは意図を理解したように「教えてやれ」と口にする。

ＣＩＭが有する特殊な無線機だ。ミーネから操作方法を教わると、すぐに叫んだ。

「リリィ、サラ‼　聞こえるか⁉」

《――ジビアちゃん⁉　無事なんですか⁉》

無線機からはすぐにリリィの声がした。

「なんとかな」声を張る。「それより、そっちの状況は？」

《――え、はいっ、大変なんです！　もう先生が建物からいないんです！　警備していた『ベリアス』の人たちも慌てていて！》

彼女たちは無事、建物に辿《たど》り着いたらしい。

だがクラウスを助けようとした寸前、警備する者の異変を察したようだ。

《と、とりあえず怪しげな車が走っていくのが見えたので、そっちへ移動しています。ただ夜霧のせいで――》

「そのまま追えっ‼」

あらん限りの声で叫んだ。

最悪の場合、今クラウスたちに追いつけるのは彼女たちしかいない。少なくとも、もうジビアは任務に参加できない。

《え？》
「敵の方が早かった！　今から全力で追いかけろ‼　白蜘蛛の内通者は――」
その名前を伝えることが限界だった。とうとう意識が朦朧《もうろう》としてきていた。
湧き上がる悔しさに身悶《みもだ》えながら、仲間に全てを託す。

◇◇◇

夜霧の中を一台の乗用車が走っていく。

エンジン音はかなり小さく、無音に近い。これもＣＩＭが開発した、特別な技術か。

後部座席のクラウスは、隣の女性に声をかける。

「突然、どういう風の吹き回しだ？　僕を移送するなんて」

監禁部屋から出るよう命じられたのは、つい十分前。両腕を身体《からだ》の後ろに回され、新たに五つの鉄錠で固く拘束され、そのまま車に乗せられた。

移動するなど事前に聞いていなかった。

クラウスは白蜘蛛を誘《おび》き寄せるための餌でもある。あまり動くべきではない。

隣にいる、自らを連れ出した女性を睨《にら》みつける。

「しかも、僕の護衛がたった二名とはな。かなり秘密裏に動くじゃないか」

「緊急事態ですわ。理由は追って説明します」

アメリが素っ気なく答える。

口数少なく、左手で拳銃を握り続けている。もしクラウスが抵抗すれば、すぐに射殺するという意思表示だろう。

今は従順に振る舞う選択をする。

――ここ数日は、外からの情報が入ってこなかった。

監禁部屋に閉じ込められ、新聞一つ与えられなかった。今何が起き、どんな事態になっているのか全く把握できていない。誘導に反対する言葉がない。

夜十時近くとなり、ヒューロの街は夜霧に包まれている。

車はやがて、ある工場の敷地《しきち》内に入っていった。工場内に線路が伸びている。どうやら鉄道の整備工場のようだ。

一つの蒸気機関車に横づけする形で、車は停《と》まった。

車体はかなり大きい。黒色の円柱がそのまま横倒しになっているようなフォルム。フェンド連邦の代表的な形だ。

「そもそも蒸気機関車は、我が国が生み出したものです」

アメリが突然に語りだした。

「四十年前はアナタの国にも輸出していたのですよ？　どうです？　我が国伝統の4－6－0の美しい車輪配置。ボイラー圧力も十七キロを超え、そこらの国では成しえない水準ですのよ？」

「やけに自慢げな口調だな。鉄道好きとは知らなかったよ」

「ワタクシにも趣味の一つや二つありますわ」

少し恥ずかしそうに頷いた。

「アナタにはこれに乗ってもらいますわ」

秘密裏に移動するためだろう。

機関車の後ろに、客車が二台牽引《けんいん》され、煌々《こうこう》とした照明が窓から漏れている。

ホームがないため、梯子《はしご》で上り下りしなくてはならない。

両腕を使えないため梯子は一苦労だったが。アメリから呆《あき》れた声で「アナタならできるでしょう？」と促され、バランスをとりながら乗車した。

ここまで移動してきた車の運転手は乗ってこなかった。

クラウスとアメリの二人で客車に入ると、蒸気機関車は動き出す。

姿は見えないが、機関車を動かせるだけの人間はいるようだ。運転を担《にな》う機関士と動力を担う機関助士、最低二人は必要と聞く。機関室にいるのか。

動き始めた機関車はすぐにスピードを上げていく。

あっという間に工場を離れ、一般の線路に合流した。

(このままスピードが上がれば、飛び降りるのは無理だな)

もし百キロ近い速度まで上がってしまえば、両腕が拘束された状態での飛び降りは、さすがに自殺行為だ。

窓から流れる景色を見つめ、現状を分析する。

――機関車を停めなければ、脱出は不可能。

――外部からの救援はまず期待できない。

クラウスは客席に腰を下ろし、小さく息を吐いた。

「よほど、僕と二人きりになりたいようだな」

「そうですわ」

アメリは否定しなかった。クラウスと異なる客席に腰を下ろし、前を見つめている。

「答えを伝えようと思ったのです」

唇が動いた。

「『全てを疑い直せ』――そう諭してくれたのは、アナタでしたわね」

そんな話をしたな、と思い返す。

二人でモニカを追っていた時期だ。『ベリアス』は『灯』に拘束され、『ハイド』内に裏《うら》切者《ぎりもの》が潜んでいると発覚した際、彼女のメンタルは不安定に揺れていた。

同業者への軽いアドバイスとして告げたのだ。

「ここ連日、何度も向き合ってきましたわ。アナタたちの闘いぶりを見ながら」

アメリは前を見たまま、語り続ける。

「ワタクシの望みは、ただ一つ、女王陛下が君臨し、ワタクシの家族や恋人が穏やかに過ごす、この美しい国を守ることでした。そのために本当になすべきことは何か。ただ命令をこなしていくことが、正しいのか？　いついかなる時も思考を重ねました」

「……答えは見つかったか？」

「ええ」アメリは口元を緩めた。「――アナタの師匠と同じ決断ですわ」

どういう意味だ、と尋ね返す前に、客車の扉が開いた。

機関室の方から一人の男がやってくる。右手で拳銃を持ち、どこか上機嫌な大股で。

「直接会うのは久しぶりだな、バケモン」

クラウスが彼の姿を忘れることはない。

師匠を裏切らせ、『焔《ほむら》』崩壊を導き、やがて師匠を撃ち殺した『蛇』の一員。そして教え子であるモニカを破滅に追いやった男。

「……白蜘蛛」

クラウスが殺気を孕《はら》んだ視線を送る。

「今日を記念日にしようぜ」白蜘蛛が舌を出す。「――『焔』が完全に潰《つい》える日」

4章　理《ことわり》

『操《あやつ》り師《し》』のアメリは、祖国に身を捧《ささ》げた女性だった。

女学生時代、抜きんでた才能を見込まれ、CIMの防諜《ぼうちょう》工作員となった。

やがて彼女が指揮することになった『ベリアス』は、最高幹部たちから直接命令を受ける特務機関だ。特に機密性の高い任務をこなした。大物政治家の売国行為の捜査、王族のスキャンダルを握った記者の拘束、無数のミッションを果たしてきた。

上長からの命令を疑ったことはない。忠実な駒として、言われたことを実行する。自身もまた操り人形の一つに過ぎないのだから。

全ては愛する祖国のため。王のため。かつての家族と恋人の安寧の日々を守るため。

だが、その忠誠心を利用され、自身の人生を見つめ直す時が訪れる。

上長である『翠蝶《みどりちょう》』に言われるがままに『鳳《おおとり》』を襲った。いくら他国のスパイと言えど、行き過ぎた襲撃だった。偽《にせ》情報に踊らされ続けた結果、ダリン皇太子殿下を守れず、終《しま》いには『灯《ともしび》』に惨敗《ざんぱい》し、部下ともども身柄を拘束された。

クラウスやジビア、エルナやモニカに突き付けられた気がした。

——ただの駒では、国を守れない。

——自身はスパイであって、奴隷ではないのだ。

国を守るというのはどういうことか、今一度考えねばならなかった。

ヒントを授けてくれたのは、皮肉にも自身を嵌めた『翠蝶』だった。

「その男に会えば、アナタが望む答えを得られるよぉ」

心の揺らぎを見透かしたように、彼女は口にした。

「臆病な男だからね、一人で行かないと現れないかもね」

幸い、その言葉を聞く者は自分以外にはいなかった。

迷いはなかった。たとえそれが翠蝶の策略であろうと、自身の意志で選び取るならば。

指定された深夜の埠頭《ふとう》で待っていると、人の気配に気が付いた。

翠蝶が予告した通り、慎重な男だった。罠《わな》ではないか、人を潜ませていないか、それらを念入りに探る時間が数十分続いた。

「翠蝶のヤローも使えるな。伊達《だて》にＣＩＭの最高幹部じゃねぇか」

やがて猫背の男が現れ、話しかけてきた。

「で、麗《うるわ》しきレディ――アンタの望みはなんだ？」

「全てを知りたいのです」

アメリは背筋を伸ばし、告げていた。

「『蛇《へび》』と『焔《ほむら》』がなんのために争い、そしてダリン殿下が手を染めていた禁忌の全てを知りたい。その上でワタクシは決断したいのです」

男は薄気味の悪い笑みを浮かべた。

囁《ささや》くような声で「安心しろよ」と気安く声をかけてくる。「俺は弱いやつの味方だ」

◇◇◇

機関車はスピードを緩めず、ヒューロの街から離れていく。

車輪が軋《きし》む音が時折鳴り、車両を揺らしていた。

クラウスはゆっくり座席を立ち上がり、通路に立つ白蜘蛛《しろぐも》の正面に移動した。

「お前にはさ、コイツの気持ちなんて分からねぇだろうな」

白蜘蛛が穏やかな顔つきでアメリを見ている。

「俺は尊敬するぜ。負けを知り、自身を取り巻く常識を疑い、結論を出したんだ。失敗を糧《かて》に伸びる輩《やから》はいつだってカッコイイよな？」

アメリもまた座席を立ち、白蜘蛛の隣へ移動していった。彼の仲間であることを示すように横に並び、拳銃を構えたまま、こちらを睨《にら》みつけてくる。

先ほどまで隠されていた殺気を纏《まと》っていた。

白蜘蛛は肩を竦《すく》めた。

「言っておくが、俺は洗脳なんて真似《まね》はできないぜ？」

「ええ、ワタクシは自らの意志で『蛇』に付くことにしましたわ」

アメリの目に曇りはなかった。

「今は胸を張って言える——これがワタクシの使命だと」

むしろ、これまでクラウスが見たどの彼女よりも堂々としている。

『ハイド』の駒のように動いていた時とも、仲間を人質にとられ当惑していた時とも異なる。振る舞いから強い意志が感じられた。

——白蜘蛛とアメリが手を組み、自身を殺そうとしている。

目の前の光景は、喉を絞められるような心地を抱かせた。

特段彼女に親愛の情を抱いていた訳ではないが、これまで浅くない日々を過ごしてきた。

スパイの常と言えど、裏切りはいつだって虚《むな》しい。

この密室のような車両で、自身を二人がかりで銃殺する気か。

「なぜだ？」

クラウスは問いかけた。

「何がお前を変えた？　お前の隣にいるのは、皇太子を殺した張本人だぞ？」

アメリの表情は揺るがない。皇太子を殺され、人目を気にすることなく流した涙は嘘《うそ》だったのか？　お前の隣にいるのは、皇太子を殺した張本人だぞ？」


しかし、それでも言わねばならない。覚悟はとっくに済ませているのか。

「今ならまだ――」

「間に合う訳ねぇだろ」

反応したのは、白蜘蛛だった。

素早く拳銃を振るって、間髪入れずにトリガーを引いた。狙いをつけている様子は見られなかったが、銃弾は正確無比に目的にヒットしたようだ。

――アメリの側頭部が撃ち抜かれる。

彼が射撃したのはクラウスではなく、隣に立つ仲間だった。

アメリの身体《からだ》が吹っ飛ばされる。

頭蓋骨が砕かれたのか、彼女の頭部から弾《はじ》けるように血が噴き出した。身体はそのまま床に崩れ落ちる。頭部から溢《あふ》れ出す彼女の血が、服のフリルを赤く染めていった。

クラウスは「アメリ……」と呻《うめ》いていた。

「責めるなよ。コイツも分かっていたはずだ」

白蜘蛛は残念そうに首を横に振った。

もうアメリはぴくりとも動かない。断言できる。即死だ。

「万が一にもお前に説得されたら敵《かな》わねぇ。不安分子は先に消しとく」

「――――」

スパイとしての非情な判断。クラウスの側にまた寝返るかもしれない、という懸念《けねん》を晴らすためだけに、殺したか。

もちろんアメリも理解していたはずだ。裏切ったスパイに明るい未来などない。

しかし、あまりにこれは――。

いや、と首を横に振る。今は感傷に耽《ふけ》る時ではない。

白蜘蛛が顔についた返り血を手で拭っている。

「これで二人きりだな、バケモン」

「あぁ、そうだな」

思えば、自分もこの瞬間を望んでいたかもしれない。

――クラウスがもっとも殺したい男。

認めたくはないが、宿敵、と呼んでもいい。ここ半年間、彼を捕らえ、尋問し、そして息の根を止めることばかり考えていた。

クラウスの家族である『焔』を奪った男。そして『鳳』とモニカを破滅させた黒幕。

この時を待っていたのは白蜘蛛も同じようだ。上機嫌に肩を竦めている。

「ようやく銀蟬《ぎんぜみ》の仇《あだ》が取れるってもんだ。墓にお前の首でも晒《さら》してやんよ」

「……ん？」

突然投げられた言葉に疑問を抱く。

白蜘蛛が眉を顰《ひそ》めた。

「なんだよ。突然不思議そうに」

「銀蟬とは誰だ？」

「……あー、うん。察しろよ。お前のとこのボスに紫蟻《むらさきあり》の兄やんを差し向けたように、お前にも一人向かわせたんだよ。銀蟬って女」

「なるほど……」

「分かるだろ。流れで」

「さすがにお前の説明不足じゃないか？」

突然与《あずか》り知らない恨みをぶつけられ、当惑してしまった。

ちなみに心当たりもなくはない。

『焔』が壊滅したと思われる期間、かなり苦境に立たされたことがあった。正体不明の体調不良に見舞われ、更に幾人かの暗殺者に襲撃されたのだ。返り討ちにはできたが、その際、敵の名前を尋問する余裕はなかった。

あの暗殺者の中に『蛇』も混じっていたらしい。

閑話休題。

改めて白蜘蛛を正面から見据える。

「以前と同じ質問をしたい」

「なんだよ」

「なんで師匠は『焔』を裏切った？」

ディン共和国の歓楽地でも、ぶつけた質問だった。

「別にお前たちがなんの大義もなく、動いているとは思っていないさ。お前たちにもお前たちの正義がある。師匠やアメリが心変わりするほどの強い動機なんだろう？」

「以前と同じ答えをするぜ」

白蜘蛛の顔から笑みが消えた。

「事情を全て打ち明ければ、『蛇』に付いてくれるか？」

「……………………」

白蜘蛛の声音には、切実に訴えるような真剣みがある。

頷《うなず》けば、本当に語ってくれるかもしれない。ならば表面上だけでも同意し、まずは情報を引き出すのがスパイとしての正解だ。

しかし、それだけはできなかった。

スパイとしてではなく、本能が拒絶する。

未熟と嘲笑《あざわら》われようとも、その衝動を手放すのは自身の人格が終わる気がした。

「不思議だよ。どうして、そこまで『蛇』を恨む？」

呆《あき》れるように白蜘蛛が目を細める。

「お前の師匠――ギードさんは『蛇』に付いた。その選択が信じられねぇのか？　こっちは別に脅迫をした訳じゃない。あんな暴力マシーン、従えられるかよ」

声には、隠しきれない畏敬があった。

「ギードさんは最後の最後まで、自分の決断を恥じなかった」

「お前が師匠を語るな」

ようやく表出できた感情は、憤怒《ふんぬ》に近いそれだった。

認められるはずもない。ギードが――師匠が――自分が父のように想《おも》っていた男が選んだのが、この男と同じ道など。

やはり和解はない。情報など吐かせればいいのだ。

「僕が『蛇』に従うことは有り得ないよ」

「そうか。じゃ、仕方ねぇ」

最初から分かっていたように、白蜘蛛は首を横に振った。拳銃を持ち上げ、脇を締め、両手で構える。

片手撃ちでも寸分の狂いもない命中精度を持つ男だ。狙いが外れるとは思えない。

「死んでくれ」

頼むような声音だった。

「今殺さないと、お前はこの世界にとって死ななきゃいけない存在になる。数百万の民を殺す、大罪人になる」

言葉の意味は不明だが、教えてもらえることはないだろう。

彼が引き金に指を掛けた。

「――処刑を執行しよう」

クラウスは後ろに回されている両腕に力を籠める。

やはり拘束は解けない。五つの鉄錠で頑丈に固定されていた。関節を外しても、どうにもならない。容易に解除できる拘束をアメリが施すはずがなかった。

両腕を扱えなければ、当然まともに武器を扱うこともできない。

唯一クラウスにできるのは、怪我《けが》を負った脚で動き回ること。だが逃げ切れるはずがない。疾走する汽車から飛び降りることは不可能だ。

状況を改めて確認し終えると、こみ上げてくるものがあった。

笑いだった。

「フフッ」

「あ？」

噴き出してしまう。

が、一度表情を崩してしまうと、もう止められなかった。箍《たが》が外れてしまったように声をあげて、身を捩《よじ》る。

「ハハハハハッアハッハッハッハハハハハッ！　クフッ、アハハッ！　アハッハハッハッアハハハッ！　ハハハハハハッ‼　アハハッ！　ククッ、ハハッ！　アハハハッ！

ハッハッハッハハハ！」

車両が自身の笑い声で満たされる。

腹が痛くなるほど笑うなど、数年ぶりのことだった。

「なんだよ……？」

不気味がるように白蜘蛛が言葉を漏らす。

「お前、そんな豪快に笑うキャラだったか……？」

確かに普段の自分ならば有り得ない所作か。

しかし、それほどに堪《こら》えられないものだった。

「白蜘蛛、これがお前の策なのか。お前の全力なのか」

「は……？」

「この瞬間にどれほどの月日を、どれだけの労力を、お前が捧《ささ》げてきたんだろうと思うと、
少し……笑ってしまった」

笑いと同時に虚しさも込み上げてくる。

この瞬間のために、どれだけの者が奔走したのだろう。『鳳』やアメリのように命を落とした者も多くいる。一流のスパイたちが国中を駆けまわり、莫大《ばくだい》な費用を費やした。

その果てに導き出せたのが——このレベルの罠《わな》なのか。

「なぁ、ところで――」

クラウスは溜《た》め息を吐くように口にする。

「――このお遊びには、いつまで付き合えばいい？」

訳が分からないといった表情で、白蜘蛛が目を見開いていた。

◇◇◇

白蜘蛛は拳銃を握りしめたまま動けないでいた。

クラウスから感じられる余裕は虚勢に見えなかった。

（どういうことだ……？　奴《やつ》は両腕を使えない。左脚も満足に動かせない……）

アメリには完璧に両腕を拘束することを命じていた。怪我の状況も報告されている。彼女がミスをするとは思えない。

（いやいや、さすがに死ぬだろ……？）

不安をかき消すように、引き金に力を籠めた。

放たれた銃弾はクラウスに向かって、狙い違《たが》わず飛んでいく。

一撃で殺せるとは思わない。が、発砲を続ければ、抵抗も逃走もできない彼はやがて力尽き、命を落とす。そのはずだ。

――銃弾はクラウスの身体《からだ》をすり抜けた。

こめかみを掠《かす》めるような最小限の動きだけで銃弾を避け、彼は白蜘蛛に接近してくる。

続けて放たれた二発目の銃弾も身を捩って避ける。身体を浮き上がらせ、両腕が拘束されているとは思えないほど、美しい飛び蹴りを放ってきた。

「は――？」

蹴りは両腕でガードするが、勢いまでは殺せなかった。

体勢が崩される。後転することで即座に起き上がり、拳銃を構え直した。

たった一発の蹴りで車両の端まで追い詰められていた。

機関室に続く扉は、機関室側から鍵がかけてある。逃げ場がない。

「呆れるな」

クラウスは左脚に負担をかけないよう、右脚に重心を乗せて立っている。

「味方を裏切らせ、僕の左脚を負傷させた。両腕を完全に拘束した。武器は全て奪った。そして決して逃げ場のない密室に閉じ込めた。そうか、なるほどな」

次に告げられる言葉に身の毛がよだつ。

「――それで？　たったその程度で、本気で僕に勝てると思っていたのか？」

衝動的に銃弾を放っていた。

（ありえねぇだろ。何言ってんだ、コイツは――‼）

クラウスは右脚だけで跳躍し、銃弾を避けていた。

その隙に白蜘蛛は彼の横を駆け、もう一度距離を取る。車両内を大きく移動しながら、正確無比な射撃で彼の身体を狙う。

が、命中は叶《かな》わない。

クラウスは右脚を支点に、身体を回転させ、紙一重で回避する。

（ふざけすぎだろっ！　片脚一本で、なぜこれほど動ける？）

車両という空間を最大限に利用している。右脚だけで跳ねるように床、座席、壁を蹴り、小刻みにステップを踏む。いつでも回避行動がとれる余裕を示すように。

確信する――アメリの仕事に一切のミスはない。

彼は両腕も左脚も満足に使えない。

『燎火』というスパイは右脚一本で十分バケモノなのだ。

車両の端から端まで駆けた白蜘蛛を、彼は右脚だけで追い詰めてくる。

「クソがっ‼」

思わず怒鳴っていた。

銃弾を避けられるスパイと敵対する経験がない訳ではない。相手の情報をアップデートし、動きを先読み。そこに銃弾を撃ち込む。

だが、クラウスはそんなレベルの敵とは訳が異なる。

確実に当たった――そう歓喜した瞬間、姿は消える。

瞬間移動と見紛《みまが》うような動き。身体の位置が右にズレたような錯覚。

技術の存在自体は、ギードから聞いている。何十もの銃撃戦を生き延び、不死と謳《うた》われた狙撃手――『炮烙《ほうらく》』のゲルデの足捌《さば》き。

(片脚だけで、その技を繰り出せんのかよ――⁉)

度重なる計算外に、全ての動きが後手に回ってしまう。

接近したクラウスは、蹴りを囮《おとり》にして、こちらの視覚を撹乱《かくらん》してくる。

目の前で身を屈《かが》める彼が次に繰り出してきたのは、頭突きだった。

「……ッ」

硬い頭部が白蜘蛛の鼻骨を叩《たた》き、思わずバランスを崩す。

クラウスは平然と口にする。

「この程度の罠なら、よく僕の部下が仕掛けてきて、その度に返り討ちにしているよ」

「――っ！」

信じたくない事実を確信する。

――クラウスは更なる成長を遂げている。

ミータリオで紫蟻を破り、白蜘蛛が『世界最強のスパイ』と認めざるを得なかったその日より、どう考えても彼の技術は向上している。

決して白蜘蛛とて、格闘技術が不得手ではない。藍蝗《あいいなご》やギードから指導を受け、凡百のスパイを優に超えているという自負もある。

しかし、右脚一本のクラウスにまるで敵《かな》わない。

――今闘っているのは、本当に人間なのか⁉

必死でバランスを取りながら、苦し紛れに拳を繰り出した。

が、肩で受け止められ、相手は拳を受けたエネルギーを利用するように右脚を軸に回転。

そのまま右脚一本だけで、跳躍する。

宙返りしながらのアクロバティックな後ろ回し蹴りは、白蜘蛛の顎を粉砕する。

「ぐぁ――っ！」

歯が何本か床に散った。

脳が揺れる心地でダウンし、這《は》うような無様な体勢で彼から距離を取る。

「お前は大きな見落としをしていた」

クラウスは焦《あせ》ることもなく、泰然と立ち続けている。

「僕にとって、もっとも避けたい展開は――お前が僕を殺しに来ないことなんだよ」

「……っ」

考えなかった訳ではない。事実、黒蟷螂《くろかまきり》も同様の進言をした。それでも逃げなかったのは引けない理由があった故だが、クラウスは白蜘蛛の事情など知る由《よし》もない。

そんな彼が一体、何を企《たくら》んだのか。

「それはＣＩＭにとっても不都合だった。だから『呪師《のろいし》』と協力した。白蜘蛛には安心して僕を殺しに来てもらうために、手を打った」

彼は口にする。

「――お前の工作を一切止めないようにしよう、と」

そういうことか、と理解する。

ここまですんなり事が運んだことに、何の疑念も感じなかった訳ではない。

全てはCIMの最高幹部の一人、『呪師』ネイサンとの合意の上だったのか。

クラウスは挑発的に首を曲げる。

「自分の実力だけで、僕を嵌《は》められたとでも思ったか？」

「――――ッ‼」

強く舌を噛《か》んでいる。

反論の余地がないことは、このなすすべもない状況が示している。

「二つ用意した策の一つ……『一切の無駄がなく実現も容易《たやす》い、最高の作戦』――まさか、それで片付くとは思わなかったよ」

再びクラウスは動き出した。こちらの拳銃など恐れる様子もなく、距離を縮めてくる。

放った銃弾はまるでそう運命づけられたように、彼の身体を避けていく。

今なら分かる。先刻クラウスが笑った理由。

つまるところ――クラウスは何も対策を練らなかった。

自身に暗殺者が向かってくる状況で、『灯』やCIMが奔走する傍《かたわ》ら、なんら特別なことはせずに、のんびりと休息を取っていただけなのだ。

それで十分だった。

白蜘蛛が全身全霊で準備を重ねてきた暗殺計画を壊すことができた。

笑いも止まらなくなるだろう。

「さっさと力尽きろ。お前のしょうもない意地に付き合うつもりもない」

クラウスはそう吐き捨て、白蜘蛛の腹を蹴りつける。

「お前には心底から反吐《へど》が出るんだよ……!!」

一発一発に本気の殺意が込められていた。

（なんなんだ、この理不尽の塊は……？）

原動力は怒りなのか。

『焔』を殺され、『鳳』を殺され、多くの『灯』の部下が傷つけられた。右脚だけと言えど、銃弾にも劣らない苛烈な攻撃には、並々ならぬ激情が宿っている。

気を抜けば、意識が飛びそうになる。

（ふざけんな。俺がどんな想《おも》いで、この日を――）

至近距離であろうと拳銃を何発も放つ。左腕で蹴りを受け止め、右手で引き金を引く。

なにせ一発でも当てればいい。自棄《やけ》になりながら連射する。

（銀蟬――蒼蠅《あおばえ》――紫蟻の仇《かたき》は――）

クラウスは座席の背もたれを足場に跳躍し、銃弾を回避する。

空中の男に追い打ちをかけようとした時点で――失策に気づいた。

十四発――白蜘蛛が用意した自動拳銃の銃弾は撃ち尽くした。

リロードする暇など与えてくれるはずもない。

「くそがあぁっ！」

銃を投げ捨て、両腕を解放。防御に専念。闘い方を変え、迎え撃つ。

クラウスは跳び膝蹴りを放ってくる。

その蹴りを全力で受け止め、同時に懐《ふところ》からある物を投じた。親指ほどの小さな鉄筒。

――小型爆弾。

爆破まで一秒もかからない。白蜘蛛とクラウス、両者の間で炸裂《さくれつ》する。

クラウスは吹き飛ばされるように後退。床を転がり、その勢いのまま立ち上がる。

「自爆……っ⁉」

「銃弾も拳も通じねぇんだ。身を削るしかねぇだろ……っ」

初めてクラウスの表情に苦悶《くもん》が見えた。

爆弾の破片が刺さったようだ。彼の胸元から血が滲《にじ》みだしている。

「ま、こっちも結構効くけどよ」

白蜘蛛もまた尻もちをついていた。破片は自身の両腕にも突き立っている。

最終手段である小型爆弾だった。

威力は抑えられている。クラウスの拘束具を壊しかねない武器は扱えない。

だが、これならクラウスに攻撃を当てることができる。遠くから投げれば避けられるだろうが、超近距離で扱えば、自分諸共《もろとも》であるがダメージを与えられる。

そして白蜘蛛は両腕で急所をガードできても、クラウスには避けられない。

「──先にくたばるのはてめぇの方だ」

相手の心を挫《くじ》くように声高に告げていた。

直接ぶつかり合って、身に染《し》みる。

この男を野放しにすれば──間違いなく《暁闇計画《ノスタルジア・プロジェクト》》は実現する。

何百万人もの人間が殺され、強者だけの世界が訪れる。

一体誰が止められると言うのか？　『蛇』のボスでも、藍蝗でも、どんなスパイでも彼は止められない。自身の命を削ってでも殺し切れるのなら、お釣りがくる。

視界の先では、クラウスは目を剝《む》き、身体《からだ》を震わせている。

「お前、その身のこなし……っ」

「おいおい、気になんのはそっちかよ」

秘策の小型爆弾よりも、目を見張る事実らしい。

白蜘蛛が切り替えた近接戦闘のスタイル。それはある人物から受け継いだものだ。

「忘れんなよ。ギードさんが選んだのは、『蛇』だ」

彼の嵐のような暴力は身をもって体験している。

己の悲願を叶《かな》えるために力を注いだ彼には、畏敬の念しかない。

「ギードさんが最後に技術を託した弟子は、俺だ――お前じゃないぃ」

「…………っ」

クラウスの目が見開かれ、眉が強く張った。黒々とした瞳を向けられる。

憤怒《ふんぬ》の情がもう一段階、引き上げられたか。

「本当に」彼が小さく呻《うめ》く。「お前はどこまでも僕の癪《しゃく》に障《さわ》る奴《やつ》だよ……!!」

「光栄だぜ、兄弟子さんよぉ？」

怒りに猛《たけ》るのは、クラウスだけではない。

ギードに敬愛を示しながらも、彼の思想を否定し『蛇』を殺戮《さつりく》する男など不愉快でしかない。なぜ師匠と同じ道を歩まないのか。

「かかってこいよ。俺はてめぇをぶっ殺して、世界のルールを覆《くつがえ》す」

鼓舞するように声を張り、初めて白蜘蛛は前に出た。

「ギードさんの遺志を継ぐ者としてなあぁ――‼」

「お前がその名を口にするな」

捨て身覚悟の自爆で攻撃を狙う白蜘蛛。

クラウスは立ち向かうように跳躍し、蹴りを出せる態勢を取る。確実に白蜘蛛の息の根を止める一撃を繰り出す気だった。

結果的に、これが二人の最後のぶつかり合いとなる。

あらゆる策を弄し、確実に相手から自由を奪っていった『白蜘蛛』と、あえて無策で挑み、囚《とら》われた不自由を身体能力だけで撥《は》ね退《の》けた『燎火《かがりび》』。

世界最高峰のスパイ同士の殺し合いに幕を引いたのは――。


「――――――っ‼」

「――――――ッ⁉」


――クラウスでもなく白蜘蛛でもない、横やりだった。

両者は理解するのに、大きく時間を要する。

クラウスは白蜘蛛の策かと判断し、白蜘蛛はクラウスが何かを行ったと警戒した。

彼らほどの実力者でも、予想だにしない事態だった。

両者が交錯する寸前——クラウスの右足が射貫《いぬ》かれた。

あらぬ方向から飛んできた弾丸だ。クラウスは突然の強襲に屈し、白蜘蛛は身の安全の確保に徹し、後退する。

発砲音は車内から響いた。

奇遇にも両者は同時に、銃声がした方向を見つめる。


「アメリ……?」


信じられない光景にクラウスの口から言葉が漏れる。

血の海に沈み、這いつくばる彼女の手には拳銃が握られていた。

動くことのない肉体。しかし銃口だけはハッキリと、クラウスへ向けられて。

◇◇◇

既にアメリには視覚も聴覚も失われていた。床から伝わる微《かす》かな振動。先ほどまで動き回っていた者が微動だにしなくなった。

（……ワタクシにも意地はありますわよ）

命が消えゆく心地を感じ取りながら、誇らしげに笑ってみせる。もう表情筋を動かすことさえできないが。

銃弾を放ったのは、一本足で動く人間――クラウスに向けてだ。

その者が動く様子はない。無事、命中したようだ。

自身の決断に悔いはない。組織を裏切った人間を、白蜘蛛が丁重に接する保証などない。

彼が自身を撃ち殺すことも、想定の上。

それでも最後の最後まで意志は揺るがない――美しい祖国を守り抜くこと。

そのためには『蛇』と手を組むことさえ辞さない。

（この死は、報いでしょうね。今までワタクシが殺してきた者からの）

もちろん、自身の命一つで贖《あがな》い切れるものではない。自己満足だ。だが、それでいい。

『世界最強のスパイ』に一矢《いっし》報いることができた――人生の最後を飾るには上出来だ。

（燎火、少しはアナタの評価を覆せたかしら？）

無論それさえも、どうでもいい。他者の評価など関係ない。

今自分は誰かの操り人形ではなく、自らの意志で死んでいく。

◇◇◇

クラウスは立ち上がれなかった。

銃弾は、右のふくらはぎを貫通した。足を動かすための腱《けん》が損傷している。力を入れることさえできない。

両膝を床に付けた姿勢で、アメリへ驚愕《きょうがく》の視線を送る。

（……まだ動けたのか…………？）

完全に意識外からの攻撃だった。

（まさか僕や白蜘蛛に気づかれない程の死んだフリ…………？）

いや有り得ない、と考えを即座に否定する。

確実に死んでいた。至近距離で頭部を射撃され、生きていられるはずがない。

生き返ったのだ。

脳が停止しようと、心臓はしばしの間、動き続ける。電気刺激を与えれば筋肉は動く。撃たれたショックで停止した脳が、何らかの偶然で再起動した時、一瞬だが死者は蘇《よみがえ》る。

アメリに訪れたのは、そんな怪談のような現象。

――彼女のスパイとしての誇りが引き寄せた、奇跡。

彼女はもう事切れている。

だが、彼女のほんの僅かな行動が、戦況を大きく変えていた。

「アッハッハッアハハッアアハッアハハハッハッハハハ」

白蜘蛛が大きな声で笑い出した。

「お前さぁ！　すげぇスパイだよぉぉ！　アメリ！　マジで尊敬するぜぇぇぇぇ！」

恨み言は吐きたいが、認めざるをえない。

クラウスも、白蜘蛛も、完全に彼女を侮《あなど》っていた。

――『操り師』のアメリ。

――フェンド連邦を守るため、世界各国のスパイを破滅に導いた稀代《きたい》の防諜《ぼうちょう》工作員。

彼女の最後の一撃は、クラウスには大きすぎる痛手だった。

「あー。俺って悪運だけは強いんだよなぁ。唯一の誇りだわ」

白蜘蛛が上機嫌に顔を叩《たた》く。

叩いた指の隙間から、濁った瞳が覗《のぞ》いていた。

「さすがに闘えねぇだろ、それじゃあ」

「………っ」

そんなことはない、と虚勢を張れたらどれだけいいか。

右脚が動かない以上、怪我《けが》が治りきらない左脚だけで逃げるしかない。が、立ち上がるのが精いっぱいだ。一度でも跳躍すれば、もう着地は叶《かな》わない。

『死』を想起する。

白蜘蛛は余裕を噛《か》み締めるように拳銃を拾い、スペアマガジンで銃に弾を装塡している。

銃の型から全弾十四発と分かる。その全てを避け切れるはずがない。

「祝砲をあげようぜ――」

彼は銃弾を確かめるように、天井に向かって一発撃った。

「――世界の理《ことわり》が壊れる瞬間だ」

状況優勢とみるや、すぐに調子に乗るあたり実に小物らしい。

しかし、そんな男が『世界最強』を自負するクラウスを追い詰めたのだ。

常軌を逸した、強い執着。

その時、物音が車両後方から聞こえてきた。何かが降り立った音。

白蜘蛛は気づかないようだ。己が放った銃声のせいで、聞き取れなかったようだ。

「壊れないさ」

クラウスは膝をついた姿勢で口にする。

「お前は師匠から何も教わらなかったんだな。お前に理など壊せない」

白蜘蛛はにやけた口元を閉じる。

「……何が言いたい？　遺言か？」

「強者だけなんだよ。ルールを捻《ね》じ曲げられるのは。弱者の言葉など誰も耳を貸さない」

「だから、俺はそれを覆そうっつぅ――」

「お前には無理だ――まるで覚悟が足りていない」

白蜘蛛がほんの僅かに唇を噛んだ。

誰かに同じことを言われたような反応。

その誰かが何者であるかは、自然と察しがついた。

「そうか、師匠にも同じことを言われたのか」

「――――っ」

白蜘蛛の歪《ゆが》んだ表情を見て、己の推測の正しさを確信する。

胸に温かいものが込み上げてきた。たとえ裏切ろうとも、ギードは変わらなかったか。

「お前は誤解している」

クラウスは穏やかな気持ちで口にする。

「師匠が言いたいのは、失敗を繰り返し、己の弱さを受け入れ、目的のために全てを犠牲にする――そんな程度の低い覚悟じゃない」

自虐するように笑む。

「僕が一度も失敗や敗北をしていないと思ったか？」

『世界最強』など大層な名を自称しているのは、ここ一年弱の話。

元々そんな人間ではない。結局ギードには真っ向勝負で勝てたことはない。ボスに叱られることも多く、ゲルデの修行に弱音を吐いたこともある。『焔』のメンバーは皆、クラウスには敵わない武器を有していた。

「得ることより失うことの方が多い人生だった。それでも歩みは止めない。敗れても、挫折しても、自身の可能性を諦めない」

ハッキリと口にする。

「世界を変える権利を有するのは――自身を強者と思い込める覚悟がある者だけだ」

クラウスのすぐ隣、客車後方の扉が開かれる。

振り向くまでもなかった。彼女は辿《たど》り着いたのだ。

第二の策――『リスクとコストしかなく実現困難な、最悪の作戦』

クラウスと『呪師』は、白蜘蛛を止めるための対策を一切講じなかった。白蜘蛛は策を成し遂げ、ＣＩＭが裏切者《うらぎりもの》によって混迷するのは明らかだった。

しかし、それでも少女たちならば突破し、駆けつけてくれると信じていた。

彼女たちは、クラウスの教官の価値を証明する極上の生徒なのだから。

「――助けに来たっすよ、ボス」

『草原《そうげん》』のサラが勇ましく胸を張り、この蒸気機関車に駆けつけた。

◇◇◇

――僅かに時間は遡る。

クラウスの失踪発覚直後、ＣＩＭもまた白蜘蛛暗殺のために動きだしていた。

アメリが鉄道工場に眠る旧型の機関車を利用したことを予想し、すぐクイーン・クレッ

ト駅へ精鋭を向かわせた。寝静まった駅に飛び込み、新型の機関車を駆動させる。

『呪師』ネイサンの指揮により、白蜘蛛が乗っている機関車は直ちに特定された。

「蒸気機関車は、乗務員の技量によって大きくパフォーマンスが変わる。間に合わせの機関助士では最高速を引き出すのは難しかろう」

ネイサンは落ち着いて分析していた。

「まだ遠くには離れていない。我が国最新の蒸気機関車ならば追いつけないはずがない」

出発に間に合ったのは、CIM二十名ほどの精鋭。

そして、その機関車の屋根には、まだ全身の包帯を外せない少女が仁王立ちしていた。

「ふん、万が一のために待機していたのが、功を奏したでござるな」

臙脂《えんじ》色の髪を束ねた、目鼻立ちのはっきりした少女。

『浮雲《うきぐも》』のラン――『灯』のメンバー同様、CIMの監視下に置かれていた少女だ。まだ全快とは程遠い傷だったが、CIMに頼み込んで随行した。

手には、武器などが入った鞄が握られている。

「コードネーム『浮雲』……いや、今はあえて、こう宣言するのがいいだろう」

動き出した機関車の屋根で、彼女は誇らしげに声を張った。

「コードネーム『炯眼《けいがん》』――天に舞う時間でござる」

だが、その機関車内に潜んでいたのは、『灯』の仲間だけではない。
幾重にも罠《わな》が張り巡らされた謀略戦――双方、最後の切り札が発動しようとしていた。

5章　灯《ひ》の鳳《とり》

サラがクラウスの下に駆けつける二十分前――。

仲間にクラウス救援を託し、力尽きる寸前のジビアの下に、一人のスパイが現れていた。

じゃらりと全身に装飾品をつけ、脚の付け根まで髪を伸ばした男がやってくる。

「……なるほど、まさかアメリが内通者だったとはな」

「ネイサン様⁉」そばにいたメレディスが驚愕《きょうがく》する。

その反応から、ジビアは、彼がＣＩＭの最高幹部の一人か、と察する。

彼はジビアを見つめると「雅《みやび》なり」と賛辞を送ってきた。

「なるほど。両陣営罠にかけられ、潰し合わされたか。アメリならばそれもできよう……が、キミが誤解を解き、和解させたようだが」

「あ、あぁ」

「『百鬼《ひゃっき》』と言ったか。クラウスは良い弟子を育てている」

彼は腕輪を鳴らしながら、髪をかきあげた。

「こちらも最大限支援しよう。ダリン殿下を殺した『蛇《へび》』を逃がす訳にはいかない」

そしてメレディスの無線機を借り、各地の同胞に連絡を飛ばす。


サラとリリィはクラウスの奪還のため、ヒューロの幹線道路をバイクで飛ばしていた。

「リリィ先輩、バイクの運転ができるんですかっ⁉」

「話しかけないでください！　勘で動かしてます！」

「勘⁉」

民家に置かれていた大型バイクを盗み、配線に細工して無理やりエンジンを駆動させている。リリィがハンドルを握り、その背中にサラがしがみついていた。

クラウスが監禁されている建物に辿り着いた瞬間、不審な車が離れていった。後部座席に彼らしき姿が見え、また監視の『ベリアス』の混乱に気づき、車を追うことにした。

だが夜霧のせいで車自体は見失い、当てずっぽうで街を走っていた。

《リリィ、アメリの行方が分かった！》

やがて無線機からジビアの声が届いた。

《ＣＩＭが割り出してくれた。アメリは鉄道を使うかもしれねぇ！　事前に鉄道工場の人

間とコンタクトを取っていたことが分かった》

「鉄道⁉ そんなのに乗られたら、バイクじゃ追いつけませんよっ⁉」

《お前たちの現在地はっ？》

サラが目に見えた交通標識の地名を読み上げた。

数秒後、答えが返ってくる。ジビアが周囲のＣＩＭ工作員と相談しているらしい。

《………間に合わねぇか》

苦し気に伝えられる。

現在、ＣＩＭも動いてくれているらしい。彼らも工場に直接向かうには間に合わないと判断し、駅周辺のスパイたちが鉄道を利用することにした。

が、クラウスを救出するには時間がかかりすぎる。その間に殺されてもおかしくない。

――全て『操《あやつ》り師《し》』のアメリによって完璧に計算された盤面だ。

サラがほぞを噛《か》んだ時、リリィが口にした。

「先回りするルートは？」

《え……》

「一か八かの手段です。セルティン大橋で機関車に飛び乗れませんか⁉」

サラが「え⁉」と叫んでいた。

リリィはブレーキをかけ、バイクの進行方向を変える。

《……っ、わかった！ ルートを調べさせる》

ジビアの声に続いて、ＣＩＭのスパイたちの《……お前の仲間は正気なのか？》《アハハッ、アタイらでもそんな発想ありませんって》と呆《あき》れ声が届く。

構うことなくルートを教えてもらい、一直線に飛ばす。

やがて橋の手前まで辿り着いた。

セルティン大橋とは、ヒューロ近郊の川にかかる長大な橋のことだ。百年以上前から存在し、何度か改築されている。二層構造になっていて、上段には車道が架けられ、下段には鉄道が架けられていた。

橋の全長は百二十メートル。

その手前に到達したところで、リリィはバイクを停止させた。いまだ機関車の姿は見えない。どうやら先回りできたらしい。

が、問題はここからどうやって疾走する機関車に移動するかだ。

「轢《ひ》かれるだけでは⁉」サラが疑問を呈する。機関車の速度は百キロを超えるはずだ。

「こっちも限界まで加速して飛び移るんです！」

リリィが声を張り上げた。

「グレーテちゃんが想定してくれた、非常手段の一つですよ」

「え?」

「クラウス先生を守るため、何百ものパターンを考えていたんです。一途《いちず》過ぎますね」

橋は上を行く車道とその真下を走る鉄道が折り重なっているが、川を渡り終えると、車道は直進を続け、鉄道は右に曲がっていく。橋が終わる手前で鉄道は速度を落とし、理論上は飛び移れる。それがグレーテの見込みだった。

病室で彼女もまた闘っている。CIMのスパイでさえ絶句させる程の策を練り上げて。

「グレーテちゃんの想《おも》いを無駄にはしません。今度はわたしたちが助ける番」

リリィがスロットルを握りしめた。

「『灯』のリーダーとして、わたしは引きません」

「……っ」

怯《ひる》みのない声に励まされ、サラもまた自然と肝が据わった。

このままではクラウスが殺される。白蜘蛛《しろぐも》を逃がせば、モニカも救えないのだ。

ちょうどその時、橋が揺れるような鈍い音が聞こえてきた。

夜霧を切り裂いて、強いオレンジのライトが見えてくる。蒸気機関車がやってくる。一分後には、リリィたちのいるセルティン大橋の下段に入っていくだろう。

「鉄道がきたっす！」

「行きますよ‼」

リリィがエンジンをふかした時、サラは気づいた。

（しまった、飛び移る車両が見えなくなるっす……⁉）

機関車が橋の下段に潜ってしまったら、上段の車道にいるサラたちは目視することができない。橋を飛び出した直後の機関車に飛び乗るのはほぼ不可能だ。

当然と言えば当然の話だが、準備不足は否《いな》めない。

だが、もう機関車は待ってくれない。

あと十数秒で機関車の姿は見えなくなってしまう。

「心配はいりませんよ」

リリィが優しく微笑《ほほえ》んだ。

「知っているはずですよ。わたしたちには『鳳《おおとり》』がついている」

ふっとサラの気持ちは軽くなる。帽子を外し、ぎゅっと瞳を閉じて祈る。

イメージする――自分たちの側《そば》にいてくれる『鳳』の存在を。

◆◆◆　◆◆◆　◆◆◆

『鳳』のボス——『飛禽《ひきん》』のヴィンドは、セルティン大橋のアーチの上に立っていた。

ブラウン色の髪の男は鋭い目つきで、一台のバイクを見下ろしている。行き当たりばったりで機関車への飛び移りを試みるサラたちを見下ろし、呆れたような口調で「本当に無茶が過ぎるな、『灯《ともしび》』の女どもは」と吐き出した。

少女たちにとっては、彼は目標の一つだった。

養成学校を卒業後、瞬《また》く間にスパイチームのトップまで上り詰めた男。いずれクラウスを超えんとする苛烈な闘争心は、尊敬するしかなかった。

「これがお前たちにしてやれる最後のサポートだ」

寂しそうに言葉が紡《つむ》がれる。

そしてアーチの上で走ってみせた。持ち前の跳躍力とバランス感覚で勢いよく橋まで駆け降りると、強く橋を蹴り、空中へ身を躍らせる。

「俺が指針となってやる。迷わず進め」

力強く言い放つ。

「『灯』と『鳳』の合同任務を成し遂げろ」

◆◆◆　◆◆◆　◆◆◆

リリィがスロットルを全開まで回した。

危うく前輪が浮き上がりそうになりながらも、なんとか急加速したバイクは橋を一直線に駆ける。スピードは上がっている。これなら機関車に飛び乗っても、速度差で撥《は》ねられることはないはずだ。

だが、肝心の機関車は橋の下段に入ってしまい、視認できない。

徐々に橋の終わりが近づいてくる。

「やっぱり見えます……！」

そこでリリィが口にした。

サラも顔をあげ、その存在を捉えることができた。まるで自分たちの行先を示すように、夜空にぼんやりと浮いているものがある。

「……空中に、道が見えます！」

少しでも躊躇《ちゅうちょ》があれば、大惨事を招いていた。

だが、ここ一番の度胸こそがリリィの真骨頂――!

リリィは一切ブレーキをかけなかった。

猛スピードで爆走するバイクは、車道横の歩道に乗り上げる。段差と勢いが作用して、車体は大きく上に跳ね上がる。欄干を超え、夜の空へダイブする。

「あああああああああああああああああ!」

激しく空中に放りだされたサラとリリィは、ちょうど足元を走る機関車を見つける。闇の中を駆ける巨体に、根源的な恐怖が湧きおこる。

幸い速度差は大きくない。タイミングも完璧。

次なる問題は着地だった。失敗すれば死は免《まぬが》れない。

だが、機関車の煙突から噴き上がる蒸気の熱でサラはバランスを崩す。身体《からだ》が前方に回転してしまう。事故を覚悟した瞬間、リリィがサラの腕を引いた。

そのままリリィの左肩から倒れ込むようにして、機関車の屋根に降り立つ。

「――――っ!?」

苦悶《くもん》の声がリリィの口から漏れた。

着地には成功したが、大きく肩を打ったらしい。唇を噛み、左肩を押さえ蹲《うずくま》っている。

「リリィ先輩っ!? 自分を庇《かば》って――」

「行ってください‼」

リリィが大きく叫んだ。強い語調で叱咤《しった》してくる。

「立ち止まるな！　ビビらず行くんですよっ！」

頷《うなず》く手間さえ惜しみ、サラは動き出していた。

彼女から拳銃を受け取り、機関車の屋根を駆ける。帽子を被り直す。

リリィはしばらく動けない。仮に動けたとしても、左肩が使えず武器をもたない彼女が任務に参加できるとは思えない。

――今クラウスを助け出せるのは、サラしかいない。

連結部分に降り立ち、客車の扉を開け放った。

◇◇◇

『灯』と『蛇』――各々《おのおの》の策を出し合った謀略戦は、最終局面を迎えていた。

客車に駆けこんだサラはまず状況を確認する。

まず床に転がっている、死体が目に入った。

（アメリさん……）

サラと直接交流があった訳ではないが、『灯』と深く関わったスパイだ。ＣＩＭを裏切った要因は不明だが、やむにやまれぬ事情があったのだろう。

クラウスはまだ生きているようだ。

彼はちょうどサラが入ってきた、客車後方の扉の前で両膝をついていた。

「ボス……」

「――極上だ」クラウスは頷いた。「よく来てくれた、助かったよ」

右足から激しい出血がある。新しい傷だ。銃で撃たれたようだ。両手は使えず、両足は負傷。絶体絶命の危機らしいが、どうやら間に合ったらしい。

が、彼を戦力として頼るのはもう無理だろう。

彼の両腕の拘束を解く手段も持ち合わせていない。ＣＩＭが発明した特別な拘束具だ。時間をかけ、工具を用いれば話は別だろうが、今は時間も工具も存在しない。

サラはクラウスを庇うように前進し、目の前の男へ視線を向ける。

「お前一人か？」

男から冷ややかな声がかけられる。

直接会うのは初めてだが、名前は尋ねるまでもない。

『鳳』を壊滅させ、ダリン皇太子を射殺し、モニカを嵌《は》め、フェンド連邦とディン共和国に大きな混沌《こんとん》をもたらした全ての黒幕——白蜘蛛。

両腕から出血が見られ、顔には殴られたような痣《あざ》がある。だが、平然と立ち、余裕の表情を見せている。まだ十二分に闘える状態か。

彼は拳銃を手にし、不愉快そうに目を細めていた。

「——いや、疾走する機関車に飛び移って無傷でいられるはずがねぇ。二人で飛び、一人が相方を庇って行動不能ってとこか？　戦力を出し惜しみしている状況でもねぇだろ」

状況を迅速に分析し、嘲るように肩を竦《すく》めた。

「で、お前一人が何しに来た訳？」

「アナタを倒します」

ハッキリ伝えることができた。

いつもみたいに弱音を吐き、怯《おび》えることはない。そんな段階はとっくに過ぎている。

（そうっすよ、皆のおかげでここまで来られたんです）

サラ一人では白蜘蛛に挑むこともできなかった。

グレーテ、ジビア、リリィ、彼女たちの献身の連鎖で、ようやく対峙《たいじ》できた。

望むことはただ一つ。

——白蜘蛛を捕らえ、モニカの行方を聞き出し、『灯』全員で自国へ帰還する。

どれだけ強敵でも乗り越えねばならない。

サラは両手で拳銃を構え、白蜘蛛に照準をつけた。

「……結局、手に入れられた武器は拳銃一つか」

白蜘蛛は臨戦態勢となったサラを見て、口元を歪《ゆが》める。

「本当にアメリは良い仕事をしてくれたよなぁ！」

彼が動き出した瞬間、引き金を引いた。

銃弾は一直線に彼へ向かう——が、途中で何かに遮られた。

「——っ⁉」

いつの間にか白蜘蛛の左手にナイフが握られていた。刀身で弾かれたのか。

唖然《あぜん》とするサラに、白蜘蛛は素早く間合いに入り、前蹴りを入れてきた。腹部に思いっきり喰《く》らい、身体は客車後方の壁に叩《たた》きつけられる。

「サラっ‼」

クラウスが声をあげる。

すかさず立ち上がろうとするが、酩酊《めいてい》感に襲われバランスを崩す。攻撃は鳩尾《みぞおち》に入っていた。平衡感覚が失われ、足がもつれて崩れ落ちる。

たった一発で気絶寸前まで追い込まれた。

（身体が……痛い……!!　吐き気が……！）

床に手をつき、這《は》いつくばらないよう精一杯に踏ん張る。

——当然のように銃弾が弾《はじ》かれた。

銃という絶対的な武器でさえ、ものともしない。サラの知る限り、ギード、クラウス、モニカだけが有している高等技術。

——自分とは格が違う、スパイたちの闘い。

分かり切っていた実力差が一瞬で証明される。

拳銃は今のサラが有する唯一の攻撃手段だった。他の武器はアメリに没収されている。あるのは、せいぜい玩具《おもちゃ》みたいな陶器で作ったナイフ。

（でも、自分がここでボスを守らないと——！）

狙いをつけることもできず、牽制《けんせい》のために発砲する。

銃弾は見当違いの方向へ飛んでいった。無駄に弾丸を消費しただけに終わる。

「甚振《いたぶ》る趣味はねぇよ」

白蜘蛛は間合いを取るように後退する。

「早く汽車から飛び降りな。俺はこのバケモンを殺せればそれでいいんだ」

もちろん退く訳がない。

なんとか立ち上がると、再びクラウスを庇う位置まで進んだ。荒い呼吸を繰り返し、酸素をめいっぱい身体に循環させる。

「させないっす……！」

「あ、そう。じゃ、殺すわ。別に俺はどっちでもいいんだ」

白蜘蛛は拳銃を構えた。

まるで障害物を退《ど》かすような気安さは、油断ではないはずだ。サラの実力を正しく理解した上での冷静な判断だ。

「………っ」

サラは銃弾を弾くことも避けることもできない。撃ち合いになれば、敗北は必定だ。

少しでも勝機を見つけ出さなければいけない。

「自分には――」

できうる限りの虚勢を張り、白蜘蛛の動揺を狙う。

「自分たちには『鳳』が付いています」

「あ？」

「アナタを倒すことなど訳がないっすよ！　知らないんすか？　ＣＩＭでも噂《うわさ》が流れていたはずですけど」

まくしたてるように言い続ける。

「『鳳』は生きていたんです。クノー先輩がアネット先輩の病室に鉄片を差し入れてくれたんです。他にもたくさん工作をしてくれた。さっきはジビア先輩も助けられたそうですよ。ファルマ先輩が敵の嘘《うそ》を見抜き、ビックス先輩がビルの天井を破壊した」

勝ち誇るように笑う。

「今も自分たちを支え続けてくれています。追い詰められているのはアナタの方っす。自分たちが機関車に飛び移れたのも、ヴィンド先輩が導いて——」

言葉が切れてしまった。

相手の反応を窺《うかが》うように顔をあげた時、白蜘蛛の表情に気づいたからだ。

思わず息を呑《の》んでいた。

——白蜘蛛の、ひどく萎えた、気だるげな顔。

スパイが任務中に見せる表情ではなかった。

気の毒がるような、憐《あわ》れむような、可哀想《かわいそう》なものを見つめる反応。

白蜘蛛は困ったように頭を掻《か》く。拳銃を下げ「あー」とやる気のない声をあげる。

「なんつーか、すげぇ気ぃ抜けたわ」

「え……」

「これが作戦？　バチバチ男同士が殴り合ってるボクシングリングに、赤子が上がってきた感じ？　水を差されまくった。大洪水だ」

「……何が言いたいんすか？」

「そんな嘘、ハッタリにもなんねぇよ」

不愉快を隠すこともなく、強い怒気をぶつけられる。

「い、いや実際――」サラが言葉を紡《つむ》ごうとする。

「――動物の仕業だろ？　お前が動物を扱えることは、とっくに知っている」

彼は髪から手を放し、ストレッチするように指を鳴らした。

「お前が鷹《たか》、鳩《はと》、犬、ネズミを使えるのは、『灯』を観察していた時期に察している。で、アメリからも報告を受けている。『忘我《ぼうが》』の病室には、鷹の羽根が落ちていた。お前が鷹に命じて、差し入れたんだろう？　これが『凱風《がいふう》』のクノーの正体」

「……っ」

「嘘を見抜いたのは、犬か？　そんな技能を犬に施すスパイは他にも知っている。これが『羽琴《はこと》』のファルマの正体。ビルを破壊したのは、ネズミか？　ネズミがガス管や電線を噛《か》み千切り、大事故が引き起こされる事例はある。これが『翔破《しょうは》』のビックスの正体」

暇を弄ぶように彼は自身の指を見つめている。

「で、機関車に飛び移った際の目印は――」

直後、俊敏な動作で右手が振るわれた。

銃弾が放たれる。虚を突かれたサラはまるで反応できない。

サラの帽子が射貫《いぬ》かれる。

灰色の羽根が視界に舞う。帽子の中に隠れていた太った鳩がぽとりと床に墜落した。

「エイデン氏っ⁉」

「――鳩を先に飛ばして目印にしたのか？　これが『飛禽』のヴィンドの正体」

幸い、銃弾は鳩の羽を掠《かす》めるだけに留まったようだ。だが、鳩はもう動けそうにない。

陽動としてサラが頼りにしていた非常手段だった。

白蜘蛛は興味もなさそうに語り続ける。

「つまり、だ。ここ数日、お前たちが勝手に宣《のたま》っている『鳳』の真実は――」

僅かな間を置き、告げられる。

「――全部、妄想だ。『鳳』は生きてなんかいねぇ」

「――――っ！」

サラが唇を強く噛む。真実を言い当てられていた。

そもそも彼女がこの策を思いついたのは、アネットの発言だった。

――『凱風』のクノーに助けられた。

これは本当にアネットの妄言だった。病気で藻掻《もが》き見た夢か。

正体は、アネットを心配したサラが送り込んだペットの鷹だ。換気のために開いている窓に向け、ミーネに気づかれぬよう鷹に鉄片を届けさせた。

それで閃《ひらめ》いたのだ――サラのペットを『鳳』と言い張る奇策。

ほんの少しでもＣＩＭを動揺させ、白蜘蛛を困惑させることができれば、と思ったが、全く通じなかったらしい。

「俺たちは『鳳』を殺した現場に立ち会ってんだぜ？　嘘が低レベル過ぎて、萎えるわ」

白蜘蛛は吐き捨てる。

騙《だま》し合いでも勝利をもぎ取れない。サラの話術は太刀打ちできない。

(でも、まだ——)

サラは縋《すが》るように足に力を籠める。

(自分たちには、まだ——)

「まだ『炯眼《けいがん》』という策がある——そんな顔をしてんな」

心を読んだように白蜘蛛が言葉を紡いだ。

息を止める。

——『炯眼』は正真正銘、サラに残された唯一の勝機だった。

もし白蜘蛛に対処されていた場合、勝利の可能性は完全に潰《つい》えてしまう。

「モニカってやつがお前たちに託した、謎のスパイ……ま、結構悩まされたぜ？　なにせ、俺もまったくデータにない存在だからな」

彼は鼻を鳴らした。

「けど、お前たちがヒントをくれた」

「え……？」

「お前ら『鳳』とやけに仲が良いじゃねぇか。わざわざ死体を生き返らせる程」

体温が下がっていくような心地がした。

白蜘蛛の口元が怪しく歪んでいる。

「俺が知っていたのは、『灯』と『鳳』が一度任務で接点があったというだけ。けれど、それ以上に親密な関係があったなら、話は違ってくる」

反応を確かめるような視線を向けられる。

「『鳳』の唯一の生き残り――『浮雲《うきぐも》』のランが、コードネーム『炯眼』の正体だ」

「…………っ‼」

身体《からだ》が震えていた。衝撃が脳天を揺らし、心臓が止まるかと思った。

白蜘蛛が嘲るように頷《うなず》く。

「ま、間違いでもいいさ。極論『炯眼』なんざ誰でもいい。そのために、この機関車に追いつくための手段をあえて一つ残してんだから」

「あえて――?」

「後三分もあれば、CIMの連中が乗った汽車が追いつく頃か」

その通りだった。CIMとて何も対策していない訳ではない。アメリの裏切りを察知した彼らは駅に駆けつけ、すぐ最新型の機関車でこちらに向かっている。

『炯眼』はその機関車に乗っているはずだ。

だが、そこまで彼の計算の上だったのか。

「――鏖《みなごろし》だよ」

白蜘蛛は品の悪い笑みを零《こぼ》した。

◇◇◇

ＣＩＭの精鋭たちが集った汽車の客車で、ランは精神統一に励んでいた。

深呼吸を繰り返し、意識を整える。怪我《けが》は全快したとは言い難《がた》いが、大事な役目を負っている。自身のこれからの行動が『灯』を救う鍵になる。

無論、緊張に晒《さら》されていたＣＩＭのスパイたちも同じだ。

彼らの脳裏には、恐怖を刻みつけてきた『焼尽』の存在がある。今から捕らえるのはその仲間である『蛇』の一味という。恐れと使命感が同時に押し寄せる。

そんなピリピリとしたムードに包まれる客車で、変化が生まれていた。

ちょうど、セルティン大橋を越えたあたりだ。

「なんだ、あのフードの人間……」

一人の男性工作員が口にした。

隣の客車から、頭部を分厚いフードで覆った不気味な長身の男が歩いてくるのが見えた。堂々とした足取りで近づいてくる。フードの内側から金属が擦れる音がする。

やがてランたちが待機する客車まで入ってくる。

「さすが白蜘蛛。全て計算の内ということか」

フードの下から見える彼の口元には、笑み。

長い袖からはみ出しているのは――三本の右腕。

「あえて篝火《かがりび》を助ける手段を残し、強者を一手に集めるか」

突然の闖入《ちんにゅう》者に、CIMの精鋭たちは既に拳銃を抜いている。彼ら一人一人が、十分に一流の水準に達している工作員。不審人物の出現にも怯《ひる》まない。

だが、いかんせん相手が悪すぎた。

「天下無敵の掃討だ――《車轍斧《しゃてつのおの》》」

男に向かって銃弾が放たれた瞬間、男が有する三本の右腕――そのうちの機械的な輝きを放つ二本の腕が大きく振り回される。

腕から爆発のようなものが生じ、男に向かって放たれた銃弾は全て方向を変えた。

衝撃波のような何かが義手から放たれていた。

原理は不明だが、空気の壁が生じ、男の前方にある客席ごと弾いていく。

ランはその人物の存在を知っていた。

ヴィンドが遺《のこ》したメッセージ――『鳳』のメンバー四人を殺した存在。一人は『翠蝶《みどりちょう》』、そしてもう一人、多腕の男。

「お前はああああああああああああぁっ！」

激昂《げきこう》と同時に立ち上がる。

多腕の男の動きが止まり、顔をこちらへ向けてくる。

「……『浮雲』だったか？　ふぅん、お前が『炯眼』の正体か」

愉快がるような声に頭に血が上る。

モニカが伝えてくれた、男のコードネームを思い出す。

「お主が『黒蟷螂《くろかまきり》』だな？」

「さすが、天下無敵の我。名前も知れ渡っているか。あぁ、なんてことだ。これではおちおち安穏を迎えることもできないではないか」

黒蟷螂は陶酔するような声音で口にする。

「……あぁ、引退が遠ざかる」

　ふざけた態度に苛立《いらだ》ちを感じたのは、ＣＩＭの精鋭たちも同じだったようだ。拳銃の引き金を引き、黒蟷螂を仕留めようと試みる。

　が、無闇な刺激は悪手だった。なにせ相手は『鳳』を壊滅させた男なのだ。

「待て！　そいつは――っ！」

　ランの制止は通じない。

「……我の邪魔をするな」

　黒蟷螂の義手が動き出した。

　正体不明の衝撃波が繰り出される。空気の壁が展開される。銃弾が撃ち落とされ、もっとも近くにいた女性の腕がひしゃげた。

　攻防一体の武器。そして、ここは一切逃げ場のない、機関車の中。

　――黒蟷螂の殺戮《さつりく》が始まった。

　切り裂かれ、燃やされ、吹き飛ばされる。

　義手の側面にある刃《やいば》が、太い男の胴体を容易《たやす》く切断する。義手から直線状に放射される火炎が拳銃を握ったスパイたちを焼いていく。衝撃波が放たれれば、銃弾は弾《はじ》かれ、近づいたスパイの四肢が潰されていく。

人間がなせる技術ではない。

あの二本の義手は、兵器じみた破壊力を持っていた。

ランは近づくこともできなかった。

彼が破壊した座席の木片が、散弾銃のように客車後方にいる者に降りかかる。避け切れず足を掠《かす》めたランはまだ幸運。隣にいた者は胸に刺さり、直ちに絶命する。

「ああああああああああああああああああああっ!!」

誰かの絶叫が轟《とどろ》き、間もなく止《や》んだ。

車輪が軋む音がやけに大きく聞こえる。黒蟷螂の義手は、客車の天井や壁も破壊していた。壁に大きく空いた穴から、死体が転がり落ちていく。

一方的な暴虐は瞬《また》く間に終わった。

生き残ったのは、戦闘に加わらなかったランだけだった。

無数の死体で埋め尽くされた客車に、黒蟷螂は佇《たたず》んでいる。

「ん………やはり《車轍斧》が本調子ではないな」

不服そうに右腕についた義手を左手で撫《な》でている。

「まったく。完全な状態ならば、我が燎火を殺しに行けたのだがな。ここまでコントロールが利かないと、奴《やつ》の拘束具まで壊しかねん」

これでも、全力とは程遠いらしい。

破壊の限りを尽くしたのは、彼の望むところではなかったようだ。客車が大破すれば、さすがの彼自身も危ういのだろう。

黒蟷螂は義手を鞭《むち》のように振り、試し斬りをするように近くの遺体を損壊する。

「無論、お前を殺すことなど訳もないがな」

ランがまだ生きていることはバレていた。ゆっくり近づいてくる。

まるで動けなかった。

『鳳』の仲間たちを屠《ほふ》った実行犯——そう理解しようと、なす術《すべ》がない。どう動いたとしても勝てるイメージが湧かない。

何をしても、あの義手に仕留められるだけ。しかし、この機関車に逃げ場などない。

——精鋭二十人がかりでも倒せない怪物に立ち向かう方法などない。

三メートルほどの距離まで近づいたところで、彼は歩みを止めた。

ランは足を抱え、ただ惨《みじ》めに蹲《うずくま》るしかない。

「一人として生かす気はない。燎火の助けには行かせん」

まだ距離はあるが、彼の義手ならば必殺の間合いか。

義手が大きく振りかぶられる。

「…………………………………………………………『本調子ではない』？」

ランの唇から言葉が漏れた。

黒蟷螂の動きが止まる。

一瞬客車の時間が停止した。機関車の車輪が鳴らす音だけが二人の間に流れていく。

「──何故《なぜ》でござる？」

ランは顔をあげた。

「何故こんな大事な局面でお主の道具が壊れておる？」

本来二人の殺し合いには、なんの関係もない質問。

ただの率直な疑問だった。

だが黒蟷螂は虚を突かれたように動きを止めた。痛い箇所を指摘されたように。

しかし、ランが取り上げた疑問は妥当なものだった。

──どう考えても、黒蟷螂がクラウスを殺すべきではないのか。

彼が口にした通り、それが元々の計画だったのだろう。なぜ変更したのか。

「誰かに壊されたのか？」

相手は超一流のスパイだ。外的要因でなければ、道具の不具合など起きないだろう。

誰か彼の義手を破壊した者がいるのだ。

「モニカ殿ではないだろう。立ち向かえる状態ではなかったはずだ」

自然と答えは出てきた。それは直感でもあり、信頼でもあった。

「あぁそうか」と歓喜の呟《つぶや》きの後に、涙が零れ落ちる。

「――ヴィンド兄さんたちが、やり遂げたのだな」

根拠などないがランだけには分かった。それが真実なのだ、と。

黒蟷螂の声が微《かす》かに低くなる。

「……何が言いたい？」

苛立ちを隠せていない。

込み上げる喜びに突き動かされるように「決まっておろう！」と叫ぶ。

「お前は『鳳』に負けたのだ！　『ベリアス』に奇襲させ、疲弊しきった兄さんたちを更に襲い、圧倒的に有利な状況にいながら、自身の商売道具を破壊されたのだ！　これが敗北でなくてなんだ！　『鳳』はお前に勝ったのだっ！」

　はっきりと認識できた。

　ヴィンド、ビックス、キュール、ファルマはただなす術なく、殺されたのではない。強者と闘い抜き、大きな成果を上げていた。

「そうだな！　万全のお前ならクラウス殿の息の根を止められたかもしれん。だが、計画の変更を余儀なくされた。残念だったな。全部『鳳』に義手を壊されたせいでな！」

『蛇』の一人――『黒蟷螂』を第一線から引かせていた。

「……もういいか？」

　黒蟷螂は再び二本の義手を持ち上げた。

「結局のところアイツらは死んだのだ。貴様が同じ場所に行くことには変わらない。我は負け惜しみを聞くほど暇ではない」

「負け惜しみはどっちだか」

　ランはふっと笑ってみせる。

　身体《からだ》には勇気が漲《みなぎ》っていた。動かないと思っていたが、今では翼が生えたように軽い。

　もちろん、だからといって黒蟷螂に敵《かな》うはずもない。ゆえに持ち運んできた鞄《かばん》を摑《つか》む。

「お前に殺されるくらいなら——飛び降りて死んでやる」

車両に空けられた穴に向かって、走りだす。

黒蟷螂に止める様子はなかった。攻撃を繰り出すまでもないと悟ったのか。

やがてランの身体は闇の中に溶け込むように消えていった。時速百キロ以上の速度で走っている機関車だ。無傷で着地できるはずもない。

ランの飛び降りを見届けると、黒蟷螂は踵《きびす》を返した。

「……どうでもいい。我の役目を果たすだけだ」

それから機関室の方に移動し、機関士たちも殺していく。

クラウスを救い出すための機関車は少しずつ速度を落とし、やがて山の中で停車した。

「白蜘蛛、誰もお前の下には行かせん」

無線機で白蜘蛛に報告すると、彼もまた下車し、闇の中へと消えていった。

◇◇◇

「全滅、だそうだ」

白蜘蛛は無線機を下ろした。

「黒蟷螂が仕事を果たしてくれた。ＣＩＭのスパイ共は全員くたばった。『浮雲』も汽車から飛び降りたらしい」

語られた内容にサラは戦慄していた。

――『黒蟷螂』

彼もまた常識の枠から外れた力を持つスパイなのだろう。また多くの人間が命を落としていった。ランもまた襲われた。死んでいてもおかしくはない。

白蜘蛛は無線機を懐《ふところ》にしまった。

「で、さすがにネタ切れだよな。これ以上助《すけ》っ人《と》はいるか？」

「…………っ」

助けてくれる人などいるはずもなかった。

白蜘蛛がクラウスを殺すために、次々と策を展開していく。あらゆる事態を想定し、対応策を施している。人の命をなんとも思わない、卑劣な手段さえ厭《いと》わずに。

その執念に慄《おのの》き、全身から血の気が引いていく。

「興が乗った。ついでに教えてやるよ」

白蜘蛛が軽い口調で明かしてきた。

「──モニカってやつは死んだよ」

「え…………………………」

呼吸が止まる。

白蜘蛛の方は、特に重大な秘密を明かしたつもりもないらしい。むしろ驚くサラを意外に思っているようで「おいおい、まさか本気で生きてると思ってたのかよ」と呆《あき》れたように笑う。

首を横に振る。

そうしなければ、告げられた事実を受け入れそうになる。心が挫《くじ》けてしまう。

「嘘《うそ》っす……」

「嘘じゃねぇよ。そこのバケモンに聞いてみろよ？」

白蜘蛛は拳銃を振った。

「直感で分かるんじゃねぇか？　俺が嘘をついているかどうか」

「ボス………」

縋《すが》るような気持ちで、背後にいる膝立のクラウスを振り向く。

彼は人並み外れた直感を有している。声さえ聞けば、大抵の嘘ならば『なんとなく』で見抜ける反則的な技能だ。

「……否定してください。お願いします……」

声を絞り出した。

「嘘っすよね……？　モニカ先輩が死んだなんて、そんな訳ないっすよね……？」

クラウスの表情は、いつになく覇気がなかった。

まるで遠い過去の記憶を思い重ねるように口を開け、白蜘蛛を見つめている。

「……アイツの言葉に、嘘はない」

聞こえてきた瞬間、サラの視界が光を失った。

機関車の駆動音が消えていく。世界の輪郭が歪《ゆが》んだように、目の前に映るものの形が分からなくなる。五感が遠のいていく。自分が立っているのかも分からない。

風の音が体内から聞こえてくる。心に空いた穴からだ。

その音だけがやけにクリアに感じ取れた。

「どうして……？」口が動いた。

「あ？」

「どうして、こんな酷《ひど》いことができるんですか…………⁉」

目の前の存在が、同じ人間と認めたくなかった。

宇宙からやってきた生物の方がまだ納得できる。サラの倫理観とあまりに違い過ぎる。

「なんで……ここまで簡単に人の命を奪えるんですか……？」

「他に手段がねぇからだよ。弱い奴《やつ》にはな」

白蜘蛛は鼻で笑う。

「それとも何か？　弱い奴は正々堂々闘って負けるのが美徳とでも？　ふざけんな。勝てなきゃ全部を失う。手段にこだわってられるかよ」

「そのためならっ‼　大義があれば、どれだけ人を傷つけてもいいんですかっ⁉」

「その通りだよ。全ては仕方がない犠牲なんだ」

瞳は強い狂気の色を帯びていた。

「弱い俺は何をしたって許される」

認められるはずがなかった。

『焰《ほむら》』も、『鳳《おおとり》』も、ダリン皇太子も、ＣＩＭのスパイたちも、そしてモニカやランも。

彼らの犠牲が、仕方がないだなんて言葉で済ませられるはずがない。

失われていた全身の感覚が蘇ったようにカッと熱くなる。

生まれて初めて抱く衝動——殺意。

この男を殺さなくてはならない、と魂の中核から衝動が湧く。

「俺の考えが間違ってるっつうなら」

固く拳を握るサラを見て、白蜘蛛は左脚を下げ、身体を斜めに傾けた。

「来いよ。俺に勝って証明してみせろよ」

「あああああああああああああああああああっ‼」

雄たけびをあげ、サラは白蜘蛛に殴りかかる。

元より銃撃戦では分が悪い。銃弾さえ弾くような格上と対峙《たいじ》するには、一か八かで飛び込み、拳で打ち倒すしかなかった。

非常時のための戦闘訓練は、モニカが施してくれた。

燃え上がるような憎悪《ぞうお》はポテンシャルを限界まで引き上げる。

真っ向から飛び込み、彼の頬に右の拳を叩《たた》きこもうとする。

「多少はムキになったようだが」

白蜘蛛は拳銃を懐にしまっていた。ナイフも袖に戻し、拳でサラを迎え撃つ。

「命を懸けた程度でどうにかなんなら、苦労はしねぇんだよ」

カウンター。

サラの全力の拳と交差するように、顔面に彼の拳が突き刺さる。サラが突撃したエネルギーは全て、白蜘蛛の拳の速度分加算され、自身に跳ね返る。

顔面が砕けていく感覚に襲われながら、身体が崩れ落ちていく。

サラの武力は通じない。彼我の差は怒りでは埋まらない。

それでも、と気合で踏ん張った時に、白蜘蛛の追撃が繰り出される。

「分かるだろう？　弱者が強者に歯向かう理不尽さが――！」

頬に右拳の重い一撃、よろめいたところでボディに左拳。

身体が浮き上がり、四肢から力が抜ける。

「何もできずに蹂躙《じゅうりん》されていく、無力感が分かるだろ――っ‼」

倒れることさえ許されない。

抵抗力が失われたサラに、白蜘蛛は大きく脚を振りかぶり、全体重を乗せた前蹴りを放ってきた。最初に喰《く》らった一撃とは比べ物にならない威力。

「――分かれや」

トドメの一撃は銃弾。

殴り合いの最中に撃たれた弾丸であろうと、白蜘蛛の射撃は正確。もしサラが反射的に右手を差し出していなければ、弾丸は確実に心臓を射貫《いぬ》いていた。

右の掌《てのひら》を貫通した銃弾は僅かに軌道が逸《そ》れ、サラの首を掠《かす》める。

蹴りと被弾の勢いで大きく後退し、転がるようにクラウスの隣に倒れ込んだ。

クラウスが悔し気に息を漏らす音が聞こえてくる。

サラは取り出した陶器製ナイフで服の袖を裂いた。それを包帯代わりにし、すぐさま右手の止血を施すと立ち上がる。

「動き、続ける……」

リリィからの教えを口にし、再びクラウスの前で構える。

「……まだ立つかよ」

白蜘蛛は意外そうに目を細めている。

屈すると楽観していたのだろう。僅かに頬が引きつっていた。

「まだ……心が折れねぇのかよ……！」

その決めつけは侮辱にさえ感じられる。

「分からないっすよ……‼」

「あ？」

「弱者の言い分なんて分からない、って言っているんですよ……‼」

血の滴《したた》る右手を握りこみ、彼女は声を張った。

「自分はっ！　弱くなんかない‼」

どれだけ身体《からだ》が傷ついても、心までは屈さない。

──自分が無力ならば、どれだけ人を苦しめる手段を選んでもよい。

──どんな人だろうと、何人だって殺してもよい。

そんな戯言《たわごと》など、聞くに値しない。

ただ堂々と胸を張り、己の感情をぶちまけていた。

「養成学校の落ちこぼれでも！　『灯』の中では一番、弱くても！　スパイとして全然成長ができなくても──自分は！　出会ってきた人、全てに恵まれました」

心の底からの本音だった。

「世界中を見渡しても、自分ほど幸運な人はいない」

養成学校の落第寸前だった自分を、クラウスが見つけ出してくれた。

ちっぽけな自分を『極上だ』と認めてくれた。

リリィに勇気づけられた。ジビアと笑い合えた。グレーテが諭してくれた。ティアが支えてくれた。モニカが指導してくれた。エルナとアネットに懐《なつ》かれ、励ましてくれた。

『鳳』のエリートたちが、自分に闘う術《すべ》を与えてくれた。

これほど恵まれて、自分が弱者などと思えるはずもない。


「だから今、自分は、間違いなく強者なんだと胸を張れるんです……！」


白蜘蛛とは相いれない。

これほどの技術と武力を有して、己を弱者と宣《のたま》う者など認めない。

「じゃあ、誰か助けてくれんのかよ？」

苛立《いらだ》たし気に白蜘蛛が怒鳴りつけてくる。

「恵まれたって言うなら見せてみろよ。妄想に縋るような、貧弱な奴がよぉ――！」

「妄想じゃないっすよ」

サラは右手を高々と上げた。

「『鳳』は最後の最後まで自分たちを助けてくれた」

まるで人を呼ぶような動作に、白蜘蛛が不愉快そうに唇を噛《か》んだ。

彼の態度は当然だ。もちろん、この窮地を救い出せる人はいない。疾走する機関車に追いつける人間など存在するはずがない。

しかしサラがあげた右手は勇ましく、微動だにしない。

白蜘蛛が吐き捨てる。

「何度も言わせんな。『鳳』は『浮雲』以外死んだ。正体はお前の動物で――」

「――そう見破られるまでが作戦でした」

サラが呟《つぶや》いた瞬間、白蜘蛛は息を呑《の》んだ。

『炯眼』をランだと告げられた時に衝撃を受けたのは、策が成った、と確信できたから。

ランの生死不明に狼狽《うろた》えたのは、単にその事実が哀《かな》しかったから。

「だから、アナタは『炯眼』の正体までは見破れなかった」

サラはそっと微笑《ほほえ》みを浮かべた。

『灯』の最後の切り札、コードネーム『炯眼』は発動する。

◇◇◇

鉄道の横に茂る木々の下で、『浮雲』のランは息も絶え絶えに横たわっていた。

「ゆ、指の骨が全部イッたでござるよ……」

機関車から飛び降りた彼女は、得意の紐《ひも》を用いた捕縛術で線路脇の樹《き》を摑《つか》み、衝撃を緩和させていた。直接地面に叩きつけられるよりマシだが、全身のダメージは凄《すさ》まじい。もげかけている指もある。後遺症は必至だろう。

「けど、お主のことは隠し通したでござるよ」

彼女は足で抱えていた鞄《かばん》を口で開ける。

「『炯眼』よ。ここまで近づけたなら、お主なら間に合うでござろう?」

そのスパイは鞄の中に潜んでいた。鋭い視線をランに向けている。

ランの瞳から悔恨の涙が漏れた。

「……頼む。アイツらに一矢《いっし》報いてくれ」

泣き縋《すが》る。憎き『蛇』相手にランは逃げだすしかなかった。頼れるのは彼しかいない。

言葉が通じるかは分からないが、彼はじっとランを見つめ返した。

「お主はまさに『灯』と『鳳』の連帯の象徴──火の鳥に相応《ふさわ》しい」

指は動かない。

ランはその存在に額を撫《な》でるように当てた。

「お主は口が利《き》けんからな。もう一度、あえて拙者が言ってやろう」

溢《あふ》れ出す感情を全て言葉に込めていた。

「──『炯眼』よ、天に舞え。我らの不死鳥よ」

コードネーム『炯眼』は、そっと大きな翼を広げる。

鞄を掴むと、空中に舞い上がり風を捕まえ、加速していく。

ここまで近づけば、目標に追いつくことは可能だ。持続力はないが、最高速ならば機関車にも勝る。湾曲する線路を進まねばならない汽車に、自身は直線で向かえる。

彼の翼には、激しい熱がこもっていた。

──言葉を交わせずとも、己の使命は分かる。

――このタイミングこそ、己が『灯』を救う大役を成し遂げる時。

猛《たけ》るのは、ずっと見てきたから。

誰よりもサラという少女に付き添い、『灯』というチームを見守ってきたから。

初任務に取り組んだ瞬間も、『灯』の少女たちの笑顔も、『鳳』のエリートたちの偉そうだけれども優しい態度も、そして白蜘蛛打倒のためにサラが涙した瞬間も。

『焔眼』は『灯』結成のその瞬間から、彼女たちのそばにいた。

かつてメイドの暗殺者から爆弾を食らい、傷ついた肩が痛む。が、速度は落とさない。

――あの少女は『灯』に来てから、よく笑うようになった。

自身と人生を多く共にしてきた相棒の姿を思い浮かべる。

――その大恩を返すため、自分もまた力を奮おうではないか。

◇◇◇

客車が大きく揺れる。縦方向の強い震動。危うく脱線し、横転しかねない。白蜘蛛の身体は浮き上がった。突然の変化にまるで対応できない。

窓が割れている。

客車の天井と壁の一部が炎上しているようで、窓から火が伸びている。

必死で身体のバランスを保ちながら、白蜘蛛は思考を回す。

(なんだ……?)

(爆弾でも炸裂《さくれつ》したのか？　隠し持っていたのか？)

機関車上部には、おそらく『花園《はなぞの》』がいる。

彼女が投じたのだろうか。

(……いや、ありえねぇ。武器は全て奪ってある。準備する時間は与えなかった)

そもそも武器があれば、『灯』はもっと効率的に動けたのだ。

機関室にいる人間を襲ってしまえばいい。機関車は停《と》まり、逃げることができる。サラ一人で白蜘蛛に立ち向かうより、勝率は高い。

――助《すけ》っ人《と》が駆け付け、爆弾を投じた。

そう考えるのが妥当だが、それもまた有り得ないのだ。

(ここに来られる人間なんて存在しない……！)

そう、この前提を覆《くつがえ》せないのが普通の反応。

疾走する機関車に追いつける手段は、白蜘蛛が入念に封じている。

その盲点こそが――『灯』が作り出した、奇策だった。

◇◇◇

――フェンド連邦任務直前。

クラウスは少女たち全員を広間に集め、そのスパイを紹介した。

『「灯」に新メンバーを迎えようと思う』

普段通り、マイペースに説明する。

『彼こそがコードネーム「炯眼」――裏切りが常のスパイの世界で、彼ほど忠誠心を備えた者もそういない。僕がもっとも信頼するスパイだ』

『『『『『『『『いやいやいやいやいやいやいやいやいやいや』』』』』』』』

八人の少女全員が大きく手を振った。

全員一斉にツッコミを入れた後、頓狂な声で口にする。

『確かに信頼感は半端《はんぱ》ないけども！』『新加入なのかしら？』『……「灯」の従来の正式メンバーはボスと我々八人……一応、新メンバーになるかと』『でもスパイなの？』『俺様っ、サラの姉貴より優秀なスパイだと思いますっ』『ボクも同感』『ひ、ひどいっす』

しばらく少女たちが唖然《あぜん》とする時間が続いた。

やがてリリィが『ま、まぁ加入は大歓迎ですけどね』と口にしたことで、最終的に拍手をもって、彼の加入は受け入れられた。

クラウスは改めて説明する。

これまで数度『蛇』と交戦したことで、『灯』の情報が漏れている可能性がある。敵を欺き続けるには新たな策が必要だった。

『「炯眼」はある条件が引き金となって発動する』

強調するように言った。

『――敵に「炯眼」の正体を人だと誤認させた時だ』

そして任務中、そのタイミングは訪れた。

発動させたのはモニカだ。白蜘蛛と黒蟷螂の目の前で声高に言ったのだ。

『コードネーム「炯眼」。あの人を頼れ。「蛇」を打破できる存在は他にいない』

少女たちはその言葉を正しく受け取った。

――全員で口裏を合わせ、全ての敵に『炯眼』を人だと思わせる。

無論モニカが本当に可能性を懸けていたのは、一人の少女に他ならない。

◇◇◇

白蜘蛛はまだ気づけない。

『炯眼』が人ではないという発想には至れなかった。一度『鳳』の正体が動物と見抜いたことで、サラの実力を見誤った。「動物を用いたトリックはもう消費した」と思い込ませることこそが「『鳳』を蘇《よみがえ》らせる」という奇策の真の狙い。

――サラだけが成しえる騙《だま》し方。

それは『鳳』が授けた、スパイの闘い方。特技と嘘《うそ》を組み合わせていくこと。

まるで人と接するように、動物と愛情深く接してきたサラの生き方。

彼女の生き方が、彼女だけの騙し方を生む。彼女だけの闘い方を作り出す。

『調教』×『擬人』――鳥獣戯画。

機関車が突然速度を落とす。運転士が慌ててブレーキをかけたようだ。

強い慣性がかかり、客車が更に大きく揺れる。

白蜘蛛がバランスを崩している間、サラは動き出している。

「コードネーム『炯眼』――」

あらん限りの力を振り絞って、その正体の名を叫んだ。

「――バーナード氏いいいいいいいいいいいぃっ‼」

体勢を立て直せない白蜘蛛は目撃する。

こちらへまっすぐ近づいてくるサラ。それに意識を取られた瞬間、視界の横から何かが飛び込んでくる。

炎上する窓を突っ切る、大きく勇猛な鷹《たか》。

――火の鳥。

火の中で飛翔《ひしょう》する存在は、白蜘蛛の目には伝説上の生物のように映った。

突如出現した鷹が、白蜘蛛の喉を食い破らんと嘴《くちばし》で突いてくる。

「――――――――――――――――――――ッ‼」

遅れながら彼もまた真実に到達する。

この鷹こそが『灯』の秘策――『炯眼』

(見抜ける訳がねぇだろうがああああああっ!)

真実に愕然《がくぜん》とする。

喉元の皮を食い破った鷹を肘打ちで払い、改めてサラと向き合う。

彼女は左手だけで拳銃を握り、白蜘蛛に狙いを定めていた。決して外さないよう、こちらに駆け寄っている。鷹とサラの完璧なコンビネーション。

ナイフでの防御は間に合わない距離だった。

これが本命か、と白蜘蛛が呻《うめ》く。

『焔眼』は状況を単身で打破できるようなスパイではない。しかし、このスパイを人だと思い込んだ瞬間、心理的盲点を作り出せる。

──たった一回の奇襲攻撃こそが『灯』の策。

サラが引き金を引いた。

「終わりっすよ！」

「通じるかよ、馬鹿っ！」

白蜘蛛が一か八かで投じたのは、最終手段でもある小型爆弾。超速で爆発する武器は白蜘蛛を傷つけると同時に、サラを巻き込んで攻撃する。

銃弾は狙いが逸《そ》れ、命中は叶《かな》わなかった。

「……っ‼」サラが顔を歪《ゆが》ませる。

数々の死線をかいくぐってきたしぶとさが、白蜘蛛の持ち味。

サラが全てを賭《と》した攻撃さえも、凌《しの》いでみせる。彼女では白蜘蛛に勝れない。その実力差は決して揺るがない。

「最後の策も尽きたようだなぁ――！」

バランスを崩しながらも、撃ち殺すために拳銃を構えた。

「さぁ！　これで正真正銘終わりに――」

「さすが、バーナード大先生。ご活躍です」

背後から不敵な声が聞こえてくる。

発砲を中断。振り向くと、白蜘蛛の背後に『花園』のリリィが出現していた。

ずっと機関車上部にしがみついていたのだろう。左腕のシャツが裂かれ、左肩に巻かれている。これまで応急処置を施していたのか。

鷹から爆弾を受け取って作動させたのも彼女らしい。

「バーナード大先生が素敵なアイテムを運んできてくれました」

怪し気な笑みを湛《たた》え、棒状の武器を右手で握りしめている。

「とうとうアネットちゃんが完成させた、わたしだけの特製武器――‼」

（なんだ、あれは……？）

リリィが持っているのは、白蜘蛛が全く知らない武器だった。

より正確に言えば、武器にさえ見えない。子どもの玩具《おもちゃ》だ。一メートル五十センチ程度の金属の棒の先端には、奇妙な工芸品が付けられている。

――風車。

それは、かつてリリィとアネットがムザイア合衆国の首都で交わした約束。

『帰国したら、とびっきりの武器を作ってくださいよ。先生を倒せるような』

『分かりましたっ。俺様の工作と姉貴の毒が組めば、やべぇの出来上がりますねっ』

一度殺人に挫折したアネットは、己の新たな殺し方を創出した。

――自分の手を汚さず、別の人間に代わりに殺してもらうこと。

いわば悪としての進化。更なる邪悪への道。

非情な世界を生き抜く殺人衝動が込められた道具に、リリィは相応《ふさわ》しい名を付ける。

「秘武器《ラストコード》《失楽園《しつらくえん》》――枯れ散らす世界です」

風車が回りだし、中央から大量の泡が噴出される。これまでリリィが用いていた道具とは比べ物にならない勢いで、客車内部を埋め尽くしていく。

毒の液を毒ガスで膨らませたシャボン玉による――破壊的な空間制圧。

毒の泡は、白蜘蛛を呑《の》み込もうとしていく。銃で撃っても毒泡全ては消すこともできない。弾《はじ》ける度に毒ガスを放ち、白蜘蛛の鼻腔《びこう》を焼いてくる。

リリィの姿は毒の泡に覆われ、射撃することができない。

(つざけんな、こんなところで――!!)

抵抗などできない。毒の泡から逃れるため、後方へ強く一歩踏み込んだ。

阻《はば》むように影が現れる。

――クラウス。

負傷している左脚を無理やり動かし、白蜘蛛の前に突っ込んでくる。

(バケモン………っ)

まるで反応できずに強く唇を噛《か》み締める。

「終われ、白蜘蛛――」

彼の左脚が顔面を打ち抜いた。

「――お前では僕の敵にさえなれないよ」

サラ、バーナード、リリィ、そしてクラウスの連撃に、白蜘蛛は後方に倒れていく。

風車が作り上げた毒泡の海に、彼の身体《からだ》は沈んでいった。

エピローグ　『引退』と『遺産』

「――以上が任務の報告だ」

ディン共和国の諜報《ちょうほう》機関、対外情報室の本部。

スパイマスターであるＣの前で、クラウスは長い報告を終えていた。途中報告もしていたが、一応口頭で全て伝えておくことにした。

『鳳《おおとり》』の壊滅の真相を追い、ＣＩＭと争ったこと。途中『氷刃《ひょうじん》』の裏切りが発覚し、対応に手間取ったこと。最終的に黒幕の白蜘蛛《しろぐも》と闘い、打ち勝つことができたこと。

「さすがに帰国には時間がかかったよ。メンバーの怪我《けが》はかなり深刻だった」

『灯《ともしび》』のほぼ全員が深い痛手を負った苦しい任務となった。

結局、白蜘蛛を倒した後も、フェンド連邦で一か月近く療養する羽目になった。

ちなみに、その間、スパイたちの激闘などなかったように、ダリン皇太子の葬儀は恙《つつが》なく行われた。シャリンダー寺院に遺体が運ばれていく葬列は病室からも見えた。

「だが、幸い『ゲルデの遺産』も回収できた」

クラウスは頷《うなず》いた。

「十分過ぎる成果だ。もちろん『鳳』のことは残念だがな」

語り終え、Cが直々に淹《い》れてくれた不味《まず》いコーヒーを飲む。豆を直接齧《かじ》った方がマシなんじゃないか、と思える味だった。

Cは目の前のテーブルで、何回か手を叩《たた》いた。

「見事だ」

はっきりと褒められるのは珍しい。

「さすがだ。『鳳』の壊滅の真相究明、その原因の打破、加えて『ゲルデの遺産』の回収――三つのミッションを全て達成してみせるとはな」

「あぁ、そうだな」

「だが一点、話していないことがあるだろう？」

猛禽《もうきん》類のような目がぐっと細まる。

「――『氷刃』は死んだのか？」

「…………」

それはクラウスが意図的に触れなかった内容だった。

だが、避けては通れないらしい。

言わねばならなかった。口にはしたくない言葉だった。

「──彼女は死んだよ。手遅れだった」

そして思い出す。

白蜘蛛を打ち倒し、自分たちが辿《たど》り着いた衝撃的な結末について。

◇◇◇

発砲音が響いた。

クラウスが怪我を負った左脚を無理やり動かし、白蜘蛛を毒泡の海に沈めた時、彼は最後の抵抗をしてみせた。

銃弾はクラウスにも、リリィにも、サラにも当たらなかった。

彼は毒泡と毒ガスに包まれ、身動きが取れなくなったらしい。泡の向こうで崩れ落ちる姿が見えた。

改めて恐ろしい武器だった。《失楽園《しつらくえん》》──アネットの邪悪が生み出した、スパイの武器。毒ガスと皮膚を焼く毒泡との掛け合わせ。前者だけなら呼吸を止めれば多少防げるが、後者が厄介すぎる。空間丸ごと、リリィの支配下に置くような力を有している。

「くそが……」

やがて毒泡がなくなった時、倒れ伏す白蜘蛛の姿が現れた。

口は動かせるようだが、四肢は動かせないらしい。力尽きている。

「弱いくせに、本当に厄介な男だな」

その姿を見て、感心した。

「——あの一瞬で自決までしてみせるか」

「うるせぇ、そういうキャラじゃねぇんだけどな」

最後に白蜘蛛が放った弾丸は、彼自身に向けられたものだった。バランスを崩し、脳天を狙うことはできなかったようだが、腹部を射貫《いぬ》いていた。

大量の血が床に溢《あふ》れ出ている。

遠からず命は潰《つい》えるだろう。拘束し情報を吐かせたかったが、難しそうだ。

「だが、これだけは教えてもらうぞ」

サラに身体を支えられ、白蜘蛛の前に移動する。

「モニカはどうした？　本当に殺したのか？」

「真っ先に聞くのが部下の死に様かよ」

嘲るように口だけが動いた。

「何度も言わせんなや。殺した。そこに嘘《うそ》はねぇよ」

やはり嘘ではないようだ。

スパイとして鍛え上げた勘が、彼が本心から言っていると察する。

「遺体はどうした？」

「………………………………」

白蜘蛛は口を閉ざした。

その沈黙の意味を悟り、目を見開く。

「もしかして――」

「確認してねぇよ」

観念するように白蜘蛛が息を吐いた。

「黒蟷螂《くろかまきり》の馬鹿が建物ごと破壊しちまったんだ。火まで放っちまうしよぉ。くだらねぇ挑発に乗りやがって――けどな、生きていられるはずねぇよ。ざまぁみろ」

絶命する瞬間は目撃していないのか。

まだヒントはないか、と考えた時、白蜘蛛は「残念、時間切れだ」と口にする。

「……もう天国が見えてきた。あぁ、マジでむかつくぜ」

声から生気が失われていく。

まだ聞きたいことが山ほどあったが、この逃げ足の速さも彼の強さか。

「──『虹螢《にじほたる》』」

白蜘蛛の口から何か漏れた。

クラウスの知らない単語だった。

「……なんだ？」

「さぁな。俺もなんで呟《つぶや》いたのか分からねぇ。ただ伝えておきたくなったんだ。ギードさんの弟子であるお前には」

「誰だ？　『蛇《へび》』の一人なのか？」

「言わねぇ。気にすんな。ただの祈りで、ただの呪いだ」

彼の身体から力が抜ける。瞳から光が失われていく。

「クソが……」

その悪態が彼の辞世の句となった。最期まで小物みたいな発言をする男だった。

大きく息を吐いた。

疲労感が凄《すさ》まじい。久方ぶりに死を覚悟しなければならなかった。

（全てが終わったのか……これで、この国の任務は………）

黒蟷螂という男は、とっくに逃げだしたはずだ。彼の役割は、クラウスの暗殺ではなく白蜘蛛の補助だろう。白蜘蛛が失敗した以上、逃走しているはずだ。

――モニカを助けることはできなかったか。

認めたくはない非情な現実が押し寄せる。

既に襲われて六日が経《た》つ。にも拘《かか》わらず、生きている知らせがないとすれば――。


「…………地下室」


サラがぽつりと呟いた。

「――？」視線を向ける。

「ボスは聞いていないんですか？　ゲルデさんがヴィンド先輩を修行させた場所」

「……簡単には話を聞いている、ゲル婆《ばあ》のアジトに連れ込まれて――」

「そ、そうっす。自分も聞いたんです。モニカ先輩とヴィンド先輩が話している現場にたまたま立ち会って――」

彼女は涙で声を震わせている。

「――ゲルデさんのアジトには、地下室があるんすよ」

直ちに行動を始めていた。

いくら『蛇』と言えど、ゲルデのアジトの情報まで摑《つか》んでいないはずだ。ボロい木造マンションに地下室があるなんて知らなければ、白蜘蛛が誤解してもおかしくない。

動ける『灯』を集合させ、イミランの町に急いだ。

途中、ランも合流した。両手の指の骨が一本残らず骨折という状態だが、ついてきた。ジビアもリリィもサラも、自身の治療より捜索を優先させた。病院からはアネット、エルナ、グレーテが、解放されたティアに導かれて、やってきた。

結局『灯』全員で捜索することになった。

ゲルデのアジトがあったと思われる場所には、大量の瓦礫《がれき》が雨ざらしとなっていた。『蛇』とモニカはこのそばで争い、建物を全焼させたらしい。

――モニカは地下室に逃げたが、出入口が瓦礫で塞がってしまったのかもしれない。

捜索作業の途中、何度もサラが謝っている。

「ご、ごめんなさい！　自分がもっと早く伝えていれば――」

「謝るな！　早く伝えられても、どうせＣＩＭに監視されている間は動けなかった」

負傷した両腕で瓦礫をどかし、ジビアが叫ぶ。

「それに周辺はCIMが捜したって話だろ！　見落としていたなんて思うかよ」

続けて、左肩に包帯が巻かれたリリィが声を張った。

「現場に遺体がなかった——そんな報告をされれば、連れ去られたって思いますよ！」

「け、けど——」献身的に動くエルナが言う。「大丈夫なの？　もう六日も前で——」

「モニカが襲われた直後、大雨の日が続いたわ」

冷静にティアが語り、グレーテが瓦礫を運びながら言葉を続ける。

「ええ……上の建物が破壊され、雨水が地下室まで流れ込んでいるかもしれません。水さえあれば生存の望みはあります……！」

アネットがハンマーのような機械で、焼けた木材を吹っ飛ばした。

「俺様っ、黒蟷螂って野郎にやられた怪我《けが》でくたばっていると思いますっ」

「そやつの武器は不調だった！」

地面を隈《くま》なく探すランは声を張った。

「ヴィンド兄さんたちが壊してくれたでござる。本来の実力ではなかった」

怪我を負っていない者は一人もいない。まだ病院にいるべき少女、今すぐ医者から治療を受けるべき少女が大半だ。

しかし、それでも手を休める者はいなかった。

「これだ」やがてクラウスが見つける。

瓦礫の下から、地下に繋《つな》がる出入口が出現した。

梯子《はしご》になっているらしい。すかさず降りていくと、広い空間に行きついた。酒瓶が転がっていることから、ゲルデのアジトと確信する。

懐中電灯で周囲を照らしていった。

いくつかの書類が無造作に置かれ、染《し》み出していた雨水で汚れている。

明かりはやがて、部屋の隅に座っていた少女に集中する。


「――――夢を見ているのかもね」


モニカは、まだ生きている。

全員が呼吸を忘れていた。

真っ先に駆け出したのは、リリィだった。その名前を呼びながら、痩せ細ってしまった少女に抱き着く。

「死後に見られるのが、こんな世界なら……案外悪くない気もするよ」

こんな時でも皮肉めいた表情で、彼女はリリィにもたれた。

◇◇◇

回想を終え、クラウスは改めて息をついた。

虚偽の報告を続ける。

「元々『氷刃』は死んだ方が都合が良い。ＣＩＭの大半は、彼女が皇太子暗殺の実行犯と捉えている。ディン共和国にとっても、生きていてはならない存在だ」

スパイとして厳格な姿勢を示すように一息《いき》に言い切る。

その上で話題を変えるように「それはそうと」と努めて明るい声をだす。

「――『灯』へ新メンバーを加えようと思うんだ」

「…………………………………………」

Ｃの沈黙は長かった。

胡散臭《うさんくさ》いものを見るように顔をしかめている。

「普通に『生きていた』と報告しろ」

「なんのことかは知らないが、彼女は一度ディン共和国を裏切ったスパイだ。仮に生きていたとしたらアナタがどんな処分を下すか分からない」

だから報告したくなかったのだ。

裏切者《うらぎりもの》を匿《かくま》っている、と思われるのは心外だ。『氷刃』は死んだのだ。書類上。

「コードネーム『灰燼《かいじん》』――それが『灯』に新たに加わる者の名だよ」

猛火は氷を溶かし、全てを焼き尽くして世界を変革する。

『氷刃』なんて相応《ふさわ》しくないだろう。少なくとも、今のモニカには。

◇◇◇

対外情報室の本部から出ると、少女たちが全員待機していた。

クラウスはフェンド連邦から帰国後、『灯』の拠点には直行せず、まず本部に立ち寄っていたのだが、少女たちはクラウスを待つと言って聞かなかった。まだ怪我が完治していない者は多く、すぐにでも休みたいだろうに。

「全員で戻るという約束でしたからね」とはリリィの弁。

全員で汽車に乗って、拠点のある港町まで戻る。

ちなみに、帰国までの間、モニカとアネットの間で大きなトラブルはあったが、それはまた別の話だろう。アネットの恨みは根深かったが、なんとか解決した。

全員で隠し通路を抜け、拠点である陽炎《かげろう》パレスの外観が見えた時、リリィが叫んだ。

「戻りましたよおおおおおおおおおおお」

「「「「「「うおおおおおおおおおおおおおおおおおおおおっ‼」」」」」」

両手を天高く上げ、腹から湧き上がる衝動のままに少女たちは歓声をあげる。狂おしい程に熱い、歓喜の声だった。泣きながら抱きしめ合っている。

過酷な任務だった。

誰かが死んでもおかしくなかった。全員が死線をかいくぐった。

『灯』は全員生還――これほど喜ばしいものはない。

クラウスは、その喜びに混ざれない少女の存在に気が付いた。

「……もう絵は消えているでござるな」

ランだ。行く当てもない彼女もここまで付いてきた。

彼女は陽炎パレスの外壁を見つめている。かつてそこにあった不死鳥の絵は既に雨に流され、ほとんど残っていない。

「拙者だけが生きて……」

ランが外壁をそっと撫《な》でている。

何か声をかけようとした時、彼女は首を横に振った。

「いや、大丈夫でござる」

迷いのない声音だった。

「もう、大丈夫でござるよ。みんな」

クラウスはそっと離れることにした。しばらく彼女一人にしてやりたかった。

◇◇◇

クラウスが自室の椅子で身を休めていると、ノックの音が響いた。

「あ、あの、ボス……」

顔色を窺《うかが》うような伏し目がちのサラが扉を開けた。

帰還して三時間も経っていない。つい先刻まで賑《にぎ》やかな声が聞こえていたと思うが、わざわざ抜け出してきたのだろうか。

クラウスの前で、ごくり、と唾《の》を呑み込んでいる。

「今言うタイミングじゃないかもしれないけれどいいっすか？　決意が変わらない内に」

「なんだ？　サラ」

「自分、スパイを引退したいと考えているっす」

意表をつかれた。

が、彼女の声に迷いはなかった。ずっと考えていたらしい。

「今回気づきました。やっぱり命がいくつあっても足りないっすよ、この職業」

「……………そうか、残念だな」

貴重な戦力を手放すのは惜しいが、本人の希望なら受け入れなくてはならない。

複雑な心境でいると、サラが慌てた様子で手を振った。

「えっ、あっ、違うっす——も、もちろん今すぐじゃないっすよ⁉」

「……ん、そうなのか？」

「これからも皆のために頑張ります。でも、その……やっぱり自分には、スパイという職業自体に皆のような思い入れはなくて……」

彼女は微笑《ほほえ》んだ。

「いつの日か、区切りがついたと思える時、引退したいと思います」

その顔は、前向きな感情で溢《あふ》れている。

自然と悪い気にはならなかった。彼女の方へ身体《からだ》を向ける。

「引退後の進路は決めているのか？」

「は、はい。実家みたいにレストランを経営したいっす。海が見える、のどかな街で、高くないけど美味《おい》しい料理があって」

「もう練られているんだな」

「実は最近は毎日、考えているんすよ。アネット先輩やエルナ先輩にはウェイトレスになってもらって、自分は料理を作って、他のみんなも働いてくれて」

彼女は恥ずかしそうに俯《うつむ》いた。

「そ、その時は——ボスも一緒にいてくれたら、嬉《うれ》しいです」

予想だにしない言葉を告げられ、唖然《あぜん》とする。

サラが言い訳するように早口で「も、もちろん自分のただの妄想っすけど」と述べた。

クラウスにとってみれば、妄想さえしたことのない未来だった。

スパイではない自分——あり得なくはない。死なない限り、ありうる結末だ。

「そんな未来が訪れるとしたら——」

率直な感想を告げていた。

「——案外、幸せかもしれないいな」

もちろんクラウスに引退する気などない。『焔《ほむら》』の使命を引き継ぎ、国を守り続けるのが自分の仕事だ。

が、サラが思い描く未来を否定する気にはなれなかった。

「じゃあ、皆が心置きなく引退できるまで頑張るっす」

サラが楽しそうに拳を握りしめている。

「それまで『灯』の誰も死なせない——それが自分のスパイとしての目標っすから」

不思議と応援してやりたくなった。

元々サラには、スパイという職業への強い動機はなかった。ずっと『行き場がない』や『みんなに迷惑をかけたくない』という感情で頑張ってきてくれた。

そんな彼女が明確に告げた理想——『灯』の守護者。

任務の成否よりも、仲間の安否。全員死なずに任務を終えることを優先し、メンバー全員が引退できるまで守り続ける。

それもまた立派なスパイの姿ではないだろうか。

「——極上だ」

いつものセリフで称《たた》え「では引退に向けて、スパイの技術を積むといい。人心掌握や計算能力など経営に役に立つこともあるさ」と口にする。

「これからもご指導よろしくお願いするっす」

その後は自然と、クラウス自ら料理を教える流れになった。

まずは食材を買いに行くことにした。冷蔵庫に食糧は一切残っていない。

二人で玄関に向かったところで、広間の様子が見えた。

なにやら少女たちがテーブルに集まっている。テーブルの上には、無線機。それに真剣な眼差《まなざ》しを送り続けている。

「何をやっているんだ？　大勢で集まって」

クラウスが気になって尋ねる。

無線機を囲んでいるのは、ティア、ジビア、グレーテ、アネット、エルナ、ラン。

ティアが「静かに！」と自身の口に指をあてた。

「今、盗聴しているところよ」

「何をだ？」

「モニカとリリィを二人きりにしたわ」

「面白すぎる展開だな」

その問題が残っていた、と思い出した。

まさかモニカ本人も生き残れるとは思ってもみなかったのだろう。任務中に無線機越しでハッキリとリリィに伝えたのだ。

――『ボクは、キミのことが好きなんだ』

そう声が届いた無線機の周囲には他のメンバーもいた。公開告白だった。

（確かにリリィの答えが気にならないと言えば、嘘《うそ》になるが……）

迷わず盗聴を行うのが少女たちらしい。

「うふふ、安心しなさい、モニカ。この恋愛マスターにしてアナタの相棒である私が、アナタの恋を成就《じょうじゅ》させてみせるわ」

やけにティアが張り切り、ぶつぶつと独り言を口にしている。

悪気はないようだが、余計なお世話だろう。

モニカとリリィは庭にいるようだ。管理しているガーデンの様子を見に行ったリリィに盗聴器を仕掛け、それを知らないモニカが彼女を追いかけたところらしい。

《ねぇ、リリィ……そういえば……》

無線機から緊張したモニカの声が聞こえる。

このままなら、本当に二人の会話が聞けそうだったが――。

「ダメっす！」サラが無線機に飛びついた。

「「「「え？」」」」

サラはテーブルの上の無線機を奪うと、両腕で抱えるように持って電源を落とした。

「やめましょう！　よ、よくないっす！　モニカ先輩が可哀想っす！」

「何しているのよ、サラ！　今いいところでしょうっ⁉」

ティアが怒鳴りつけ、他の少女も声をあげる。

が、サラも主張を曲げなかった。

「いやっす！　自分がモニカ先輩を守るっすよおおおおおおおぉ！」

サラは無線機を抱えたまま、広間を走り回る。

他の少女はそんなサラを追いかけ、激しいもみ合いが繰り広げられる。まだ全快でないのに、元気のいいことだ。

（まぁ、野次馬は無粋か）

もちろんクラウスは加勢しない。どちらかと言えば、サラの意見に賛成だ。

広間の窓からは、庭にいる少女たちの頭だけが見えた。リリィとモニカが真剣な表情で見つめ合っている。

（――おそらく、そう悪い話にはならないだろう）

リリィがどんな決断をするかまでは予想がつかない。

ただ、彼女ならばモニカの気持ちに最大限配慮した言葉を紡《つむ》ぐだろう。そして、どんな言葉だろうと、モニカは真摯に受け止めるに違いない。

過酷な任務の果てに辿《たど》り着いた一時を、誰にも邪魔されずに享受するべきだ。

この世界はまだ自分たちを解放する気などないのだから。

◇◇◇

――《ゲルデの遺産》

それはモニカが逃げ延びた地下室で発見された。かつてヴィンドも連れ込まれたのだろう。三階の部屋はフェイク。ゲルデの真のアジトは、この地下空間だった。

貴重な書類は無造作に置かれていた。

杜撰《ずさん》な管理がゲル婆《ばあ》らしいと感想を抱く。地下室に流れ込んだ雨水が染《し》み込み、インクが滲《にじ》んでしまっていたが、一部のみは解読できた。

【世界恐慌《きょうこう》――そう名付けるに相応《ふさわ》しい金融危機が二、三年以内に起こる】

ムザイア合衆国から起こる出来事らしい。先の大戦からの好景気により過剰投資と言っていい状態が続いていた。そのバブルが弾《はじ》け、あらゆる産業に大打撃を与える。その余波は合衆国の経済力に依存していた世界各国に及んでいく。

二、三年、という見込みがいつを起点とした表現なのかは不明だ。

【世界各国は自国の経済を最優先し、資源を独占するだろう。強力な経済基盤を持つ国や植民地を有する連合国は富み、先の大戦で植民地を失った枢軸国は大打撃を受ける】

【大戦の反省から国際協調を目指していた各国は、方針を一変させるはずだ】

【ダリン皇太子含む一部の権力者たちは、時代の潮流を察知し、ある計画を進め始めた】


次の一文を読んだ時、呼吸が止まった。

すぐに理解できた。『焔』の壊滅と『蛇』の台頭はコレに関わるものだ、と。

世界中に、そして『灯』の少女たちに痛みを与えた地獄がまた展開されようとしている。


【第二次世界大戦は勃発する――《暁闇計画《ノスタルジア・プロジェクト》》はその備えである】

シークレット・エピローグ『蛇《へび》』

コードネーム『銀蟬《ぎんぜみ》』ビュマル王国。氷露《ひょうろ》庭園にて死亡。
コードネーム『蒼蠅《あおばえ》』ガルガド帝国。エンディ研究所にて死亡。
コードネーム『白蜘蛛《しろぐも》』フェンド連邦。ハイリン鉄道にて死亡。

コードネーム『翠蝶《みどりちょう》』
『操《あやつ》り師《し》』のアメリの手引きにより、CIMの牢獄《ろうごく》から脱走。事前に用意していたアジトに武器を取りに向かうが、『呪師《のろいし》』のネイサンに待ち伏せされ、胸を撃たれ死亡。かつての名『魔術師《まじゅつし》』という存在ごと抹消される。
またネイサンはその事実を本来の所属であるCIMには伏せ、別の組織へのみ伝えた。

コードネーム『紫蟻《むらさきあり》』
ムザイア合衆国の諜報《ちょうほう》機関JJJによる拷問中、尋問官が目を離した僅かな間に、脱走する。現場には血文字で『虹螢』と記されていた。彼は拷問により両足を砕かれており、独力で逃げられる状態ではなかった。

脱走から二か月後、紫蟻は薄く微笑みながら死に絶えている状態で発見される。

◇◇◇

コードネーム『黒蟷螂《くろかまきり》』

ヒューロ南端にある港で、彼は手配した密航船に乗ることはせず、夜の海を見つめ続けていた。定刻を過ぎても翠蝶や白蜘蛛はやってこなかった。

波止場《はとば》に置き去りになっているコンテナの上で、小さく息をつく。

「……バカな男め。今度は、我がお前の復讐《ふくしゅう》を遂げねばならぬではないか」

遠くに見えるヒューロのビル群に視線を向ける。二本の義手を震わせ、届く当てもない呟《つぶや》きを漏らしていた。

その時、背後から人の気配がした。

誰か同胞が来たのかと思いながら、背後を振り向いた。

「YAYAYA、こんなところにいたのか。『蛇』の生き残りは」

見覚えのない青年だった。

膝元まで覆うベージュのトレンチコートを羽織り、丸メガネをかけている。くしゃくしゃにパーマがかった黒髪《くろかみ》。顔の彫りが浅く、遠い異国の者であるようだ。両手を深くポケットに入れ、足音を響かせるように歩いてくる。

「やれやれ。こっちの『分身』を殺してくれちゃって。困ったものだよ」

黒蟷螂は義手を構える。

「……殺した者など覚えていないがな。誰だ？」

「――『桜華《おうか》』」青年が薄く笑った。「キミんとこの紫蟻が殺してくれた人間の一人さ」

「…………！」

界隈《かいわい》では名の知れたスパイだった。

ミータリオで行われた、紫蟻による超広範囲の無差別スパイ殺し。その死者の中には、紅炉《こうろ》を含め各国を代表するスパイが紛れており、中でも異彩を放っていた存在がいた。

コードネーム『桜華』――世界各国で暗躍し、義賊が如《ごと》き正体不明のスパイ。

『分身』と口にした。一人ではなく、複数人が使っていた呼称なのか。

桜華が「YA」とコートのポケットから拳銃を握る手を取り出す。

「――――っ」

早撃ちで繰り出された銃弾を、黒蟷螂は義手で防ぐ。が、それはただの鉛弾ではなかった。薬品のような異臭を放っている。

「その義手、もう使わない方がいいよ」と青年が口にする。

可燃性の液体をつけられたようだ。無理に動かせば、自爆しかねない。

「……我を殺しに来たか」

黒蟷螂は小さく頷《うなず》いた。

「何が目的だ？　話してみろ。『蛇』は人材不足のようでな。義は我らにある。お前が請い願うというのなら、末席に加えてもいい」

「お断りだよ。ぼくもぼくで居場所があるんだ」

少年は口にする。

「『神樹の墓守《ケルビム》』」

「ん？」

「世界最高のスパイ『紅炉』が創設した――《暁闇計画《ノスタルジア・プロジェクト》》を実現させる機関だ」

なるほど、と頷いた。

あの女がただで死ぬはずがなかったか。既に手は打たれていたらしい。世界各国のスパイが集まったミータリオで、『焔《ほむら》』とは異なる新たな勢力を作り上げていた。

それが『炬光《きょこう》』のギードと決裂した女の決断か――。

「大盤振る舞いで情報を吐いてくれるではないか」

「そういう主義なんだ。可哀想《かわいそう》じゃないか。何も分からずに死ぬなんて」

「面白いことを言うではないか」肩を上下に動かす。「ぜひ教えてくれ。我は自分でも分からんのだ。この天下無敵の我をいかに降し、スパイとして引退させられるのか」

黒蟷螂は二本の義手を翳《かざ》し、天を仰ぎながら口にする。

「あぁ、引退が遠ざかる」

◇◇◇

コードネーム『藍蝗《あいいなご》』&『――』

ガルガド帝国の首都ダルトンで、その人物は一冊の本を読んでいた。

部下の藍蝗が「面白いものを見つけました」と差し出してくれたのだ。

フェンド連邦の作家、ディエゴ＝クルーガーの小説だった。麻薬依存症で亡くなる直前に著された遺作。『世紀の駄文』と批評家から酷評された、ナンセンスなスパイ小説。

一読すると、それが本当は誰の手で著されたかすぐに察せられた。

「………クリストハルト」

自身が『白蜘蛛』と名付けた男の本名。世界に立ち向かうための戦士を集め、『蛇』という組織を作り上げてくれた。『蛇』の中心は間違いなく彼だった。

小説は嘘《うそ》に覆われているが、読み進めていくと、主人公の男がいかに己の組織を愛していたかは伝わる。悪態を吐《つ》きながらも組織のために奔走している。

しかし、クリストハルトはもういない。彼が集めた戦士も連絡がつかなくなっている。

「……世界を敵に回すのは、かくも過酷なものだとはな」

『蛇』は勝てなかった。『紅炉』が遺《のこ》したスパイたちに呑《の》み込まれた。

もう《暁闇計画《ノスタルジア・プロジェクト》》を止める術《すべ》はないのか、と小さく呟く。

「藍蝗」部下の名を呼んだ。「『灯』と取引をしたい。手紙を送れないだろうか？」

白蜘蛛が亡くなってから、一年の年月はすぐに過ぎた。

あとがき

※※※　一部、本編のネタバレ含みます。本編読了後に読んでください　※※※

8巻のあとがきで語る内容ではないですが、1巻執筆時のことを語らせてください。

1巻のあとがきでも触れましたが、実はこの『スパイ教室』、第32回ファンタジア大賞の受賞作を九割五分以上改稿して、出来上がった作品になります。

では、受賞作の段階から残っている五分未満とは何か？

――キャラの一人が毒使いという設定、ボート上のバトル、そしてサラの存在です。

名前は変更しましたが、実は『草原《そうげん》』のサラの原型となるキャラは、受賞作時点から存在しました。自分にとって、クラウスやリリィよりも付き合いが長いのです。

だから私は1巻執筆の時点で、彼女を8巻の主役にすると決めていました。それまで活躍は決して多くない。代わりに最後にとびっきり輝く出番を与える。基本的にはキャラには万遍なく愛情を注いでいますが、彼女はちょっと変わった愛の注ぎ方をしています。

また1巻の執筆時のことで語るべきエピソードはもう一個あります。

初代編集O「少女たちに一人ずつ特別な武器を持たせたいよね」

竹町《たけまち》「分かりますが、1巻をこれ以上ごちゃごちゃさせたくないです」

そんな話し合いの末に、8巻ラストまで持ち越された例のアレ。

トマリ先生、ようやく物語に登場させることができました。1巻表紙からカッコよくデザインしてもらっているのに中々出せず、本当にすみませんでしたっ！　アネットが作ってくれなかったんです。彼女を説得するのに短編集含め10冊かかりました……。

さて、feel.様によるアニメ化も決まり、コミックアライブでは原作2巻、原作3巻の同時コミカライズが進み、大きく展開が広がっている『スパイ教室』ですが、原作の今後はと言いますと、実はここから後半戦となります。現在最終巻までの構想を固めているので、まだまだお付き合いいただければ、と思います。あの男のメイン巻もおそらくは。

ただ9巻の前に一度、短編集3を挟ませてください。ドラゴンマガジンの連載分も溜《た》まっているのです。本編では描けなかった、『鳳《おおとり》』との蜜月が語られます。

また9巻は、『灯《ともしび》』に大きな変化を加えてのお届けになるかも……？

皆さんの期待に応えられる内容をお届けできればと思います。ではでは。

竹町

富士見ファンタジア文庫

スパイ教室《きょうしつ》08

《草原《そうげん》》のサラ

令和4年7月20日　初版発行
令和5年6月10日　5版発行

著者――竹町《たけまち》

発行者――山下直久
発　行――株式会社KADOKAWA
〒102-8177
東京都千代田区富士見2-13-3
0570-002-301（ナビダイヤル）
印刷所――株式会社KADOKAWA
製本所――株式会社KADOKAWA

※定価はカバーに表示してあります。
●お問い合わせ
https://www.kadokawa.co.jp/（「お問い合わせ」へお進みください）
※内容によっては、お答えできない場合があります。
※サポートは日本国内のみとさせていただきます。
※Japanese text only

ISBN978-4-04-074607-4 C0193　◆◇◇

切り拓け！キミだけの王道
ファンタジア大賞
原稿募集中！
賞金
《大賞》300万円
《金賞》50万円
《銀賞》30万円
選考委員
細音啓「キミと僕の最後の戦場、あるいは世界が始まる聖戦」
橘公司「デート・ア・ライブ」
羊太郎「ロクでなし魔術講師と禁忌教典《アカシックレコード》」
ファンタジア文庫編集長
前期締切 8月末日
後期締切 2月末日
公式サイトはこちら！ https://www.fantasiataisho.com/
イラスト／つなこ、猫鍋蒼、三嶋くろね